少年读中国史

· 7 ·

宋辽金夏　多民族政权并立

果麦 编

果麦文化 出品

这是一个多民族政权并立的时代。960年，宋太祖赵匡胤发动陈桥兵变，夺了五代最后一个王朝后周的天下。979年，北汉灭亡，十国时代宣告结束，北宋一统中原。而在北方，契丹人的辽、党项人的西夏、女真人的金以及蒙古人的元先后崛起，同这个重文轻武的中原王朝相争衡。

这也是一个英豪辈出、文化繁荣的时代。既有寇准、包拯、范仲淹、王安石、岳飞、文天祥等名臣名将，也有苏轼、李清照、辛弃疾、沈括等杰出人物。活字印刷术的发明和使用，指南针和火药的应用，亦无不闪耀着智慧的光彩。

这又是一个经济重心持续南移的时代。南宋时期，中国经济最终形成南强北弱的格局。一艘艘大型海船穿梭于东南亚、阿拉伯半岛和非洲北海岸之间，共同织就繁荣的海上丝绸之路。

目录

第一章 以武起家与以文治国   001
1. 从士兵到皇帝   002
2. 两代帝王的统一之路   011
3. 契丹崛起   016
4. 文治时代的开端   024

第二章 北宋中期的战争与改革   031
1. 换来百年和平的"澶渊之盟"   032
2. 仁宗时代   038
3. 与宋争雄的西夏   044
4. 王安石变法   048

第三章 宋辽金并立   057
1. 女真的兴起   058
2. 宋金海上之盟   064

3. 靖康之耻　　　　　　　　　　069
4. 君臣南渡　　　　　　　　　　076

第四章　偏安一隅的南宋　　　　　090
1. 如同儿戏的北伐　　　　　　　091
2. 两座英雄城　　　　　　　　　095
3. 宋元最后一战　　　　　　　　102

第五章　两宋时期的经济文化　　　111
1. 词人辈出的时代　　　　　　　112
2. 科学巨人沈括　　　　　　　　116
3. 书画中的大宋名城　　　　　　120
4. 经济重心南移　　　　　　　　127

大事年表　　　　　　　　　　　135

第一章

以武起家与以文治国

1. 从士兵到皇帝

黄袍加身

后周是五代时期中原最后一个王朝，959年周世宗驾崩，年仅七岁的周恭帝即位。第二年正月初一，正当文武百官向年幼的恭帝祝贺元旦时，河北镇、定二州（治所在今河北正定、定州）的告急使者突然飞马来报，说是辽兵联合北汉打过来了。仓促之间，宰相范质、王溥（pǔ）顾不得仔细考虑，便命归德节度使、检校太尉赵匡胤率军北上迎敌。

第二天，赵匡胤率大军出发，在初三晚上抵达汴州（今河南开封）东北的陈桥驿。初四早上天还没亮，一大群身披铠甲、手执刀枪的将士便已在驿站集合，围住了赵匡胤的住处。赵匡胤被弟弟赵光义和亲信赵普唤醒，刚跨出大门，便听到阵阵高呼："当今皇帝幼弱，不能亲政，将士们没有主子，愿拥太尉做天子，然后再北上出征！"随后一件黄袍便披到了赵匡胤身上，将士们齐刷刷跪倒在他面前，高呼"万岁"。

赵匡胤一脸刚弄明白眼前发生了什么事的样子，在左右将校的簇拥下，威严地巡视狂热的人群，定神问道："你们贪图富贵，才想拥我为天子。若是你们肯听从我的命令，我便答应，否则不能同意。"众人见状，齐声表示愿意。于是他发布命令："进了京城不得惊动宫廷，不得侵凌朝臣，不得任意掳掠。听令的受重赏，违令的灭族！"接着，赵匡胤便带着大队人马回京，夺了后周的天下。这便是著名的"陈桥兵变"，它拉开了传世三百多年的赵宋王朝的序幕。

对于这场兵变，赵匡胤真的事前毫不知情吗？当然不是。他是这场兵变的主谋，不过这种手段也并非他首创。十年前后周太祖郭威在澶州用同样的方法夺了后汉的天下。只是郭威当时准备得不大充分，军中没有黄袍，披的是一面撕破的黄旗罢了。赵匡胤原是郭威的部下，等他自己也走到这一步的时候，准备得自然更加充分，还命令军队不得骚扰京城百姓。

乱世枭雄

927年,赵匡胤出生于河南洛阳夹马营一个官宦世家,父亲赵弘殷曾是后唐开国皇帝李存勖(xù)手下的得力干将。赵匡胤出生前一年,李存勖死于兵变,赵家也开始走下坡路。尽管如此,赵匡胤还是继承了将门之风,擅长骑射,少年时代就表现出超越同龄人的胆识和勇猛。

有一次,他试骑一匹尚未驯服的烈马,连笼头和牵马的缰绳都没有就上路了。结果马跑到城楼的斜道上,赵匡胤的头一下子撞到门楣上,从马上掉了下来。别人都以为这下要凶多吉少了,结果他竟慢慢站了起来,之后更是追上烈马,跃上马背,一点也没受伤。

由于父亲在官场上受到排挤,二十一岁的赵匡胤眼看在洛阳找不到什么好的出路,便决定外出闯荡。游历途中,他来到襄阳的一座寺庙。庙里的老和尚劝他不要继续南下,而应该北上,因为北方战事多,对他这样擅长行军打仗的人来说,有更多的机会出人头地。这时的赵匡胤已经在外历练了两年,对时局有一定的了解和判断。他接受老和尚的建议,北上河北,投到后汉大将郭威的麾下,由此开启发迹之路。在短短的时间里,他从一名普通士兵扶摇直上，终成掌控中原的一代帝王。

954年，郭威病死，他的义子柴荣即位，也就是后来的周世宗。这时北汉联合辽国攻打后周，周世宗率军迎战，双方在高平（今属山西）激战。当时北汉与辽国联军来势汹汹，周世宗以寡敌众，大将樊爱能、何徽又临阵逃走，形势极为不利。赵匡胤率领宿卫禁军奋力抵抗，一直坚持到援兵到来，最终后周反败为胜，彻底击溃敌军。战后周世宗论功行赏，提拔赵匡胤做殿前都虞候，命他挑选壮士充实和整顿禁军。

两年后，赵匡胤随周世宗攻打南唐的淮南地区。他引兵奔袭清流关（今安徽滁州西），活捉南唐守将皇甫晖、姚凤，攻下滁州。因战功卓著，周世宗将他升为定国节度使兼殿前都指挥。959年，赵匡胤兼任殿前都点检，成为禁军的最高统帅。

不久周世宗英年早逝，七岁的梁王柴宗训即位，是为周恭帝。赵匡胤这个由周世宗一手提拔起来的战将，眼见孤儿寡母和几个文弱的宰辅奈何不了自己，便利用手里的禁军兵权，模仿郭威当年的做法，上演"黄袍加身"的一幕。他逼迫周恭帝禅位，自己接受禅让登基称帝，定国号为"宋"，是为宋太祖。宋朝的历史由此开启，它的都城仍然设在汴州，又称"汴京"或"东京"，史称"北宋"。

赵普献策

太祖初得天下，前朝宰相范质、王溥、魏仁浦作为周世宗时的托孤大臣，虽然仍以原官留任，但他们新君旧臣之间互不信任。宋代以前的宰相非其他官员可比，商议重大问题时在皇帝面前有位子可以坐。但范质等见了太祖便觉得害怕，议事时无暇坐论，而是写了札子进呈，由皇帝批阅后下旨。太祖同意了这个办法，从此宰相在殿上便没有了座位。宰相坐论之礼的取消是专制君主权威进一步提高的标志之一。

宋太祖登基第二年的某一天，他问枢密使赵普："唐末以来几十年间，帝王先后换了八姓，战乱不息，生民涂炭，原因究竟何在？我想结束兵争，使国家长治久安，应该用什么办法？"

赵普是宋太祖的老部下和心腹谋士。当初任节度使时，赵匡胤就用赵普做掌书记，"黄袍加身"的策划者也有赵普。他对赵匡胤提出的问题考虑已久，早已成竹在胸，于是不慌不忙地提出了自己的看法："这是因为藩镇太重，君弱臣强。只要逐步剥夺藩镇的权力，控制其钱财和粮食，收回他们手里的精兵，天下自然就安宁了。"

北宋初年正是依照这个政策在逐步进行改革。地方长官依令选送骁勇的兵士进京，补充禁军，地方上的兵力逐渐被削弱。朝廷又派没有力量造反的文官到地方上担任知州、知府和知县等州县官员，在州府设置通判，让二者相互监视牵制。朝廷委派人员管理地方上的司法与治安，还规定，凡遇死刑案件，各州要上报，由刑部复查。就这样，司法权也掌握在了朝廷手中。

节度使本来可以管辖几个州，如今州郡逐渐直属朝廷了，藩镇的权限自然被削弱。后来刺史、观察使、防御史、节度使等变成了虚衔，官封某州刺史，只消坐在京城里，不必跋山涉水去上任。此外，朝廷又命各州把赋税收入送到京师，在各路设转运使掌管财政，与各州的行政长官各管各的。

就这样，朝廷把"兵也收了，财也收了，赏罚刑政一切收了"，藩镇再也无力专制一方，地方很难再对中央造成威胁了。

杯酒释兵权

宋太祖一步步推行着加强皇权的措施，却差一点忘记一件大事，即会不会有人走他"黄袍加身"的老路。开国之初，石守信、高怀德等人作为亲信，都执掌着禁军兵权，赵普不得不提醒太祖："就算他们几位自己无心造反，他们的部下也有可能因为贪图富贵弄出什么事来，到时即使是忠于您的将领也身不由己。"宋太祖心里一惊，想起当年的陈桥兵变，不寒而栗。

961年七月的一天，晚朝散后，宋太祖留石守信等禁军将领喝酒。酒酣耳热之际，太祖突然感叹："如果不是你们的帮助，我也没有今天。然而我做了天子，总感觉还不如做节度使时快乐，整夜都没法睡个安稳觉。毕竟谁人不想富贵呢？一旦有人把黄袍加在你们身上，就算你们不想做天子，也由不得自己了。"石守信等人知道皇帝对自己起了疑心，吓得出了一身冷汗，连忙下跪叩头，哀求太祖指点一条可以保命的活路。当他们听到只要解除禁军兵权，多买良田美宅，出守地方，便可保平安，不由得喜出望外。第二天，这几个人便迫不及待上表称病，要求解除兵权。宋太祖顺水推舟解除了他们的

宋太祖赵匡胤杯酒释兵权

军职，派他们到地方去任节度使去了。这便是历史上著名的"杯酒释兵权"。宋太祖另又挑选了一些没什么资历和威望的人统率禁军，消除了手下将领"黄袍加身"的隐患。

事情往往会有反复。天雄节度使符彦卿是赵光义的岳丈，一向有军功。963年，宋太祖曾打算让他掌管禁军。赵普认为符彦卿的名位已经很高，不能再让他掌握禁军兵权。为此赵普多次劝谏，甚至将太祖写好的任命文书留扣不发，说："请陛下深思利害，以免将来后悔。"太祖见赵普如此坚持，不免诧异，便说："你为何如此怀疑符彦卿？朕待他极厚，他绝不会负朕。"赵普被逼得没办法，只能说："那么陛下为什么能负周世宗？"太祖听后一句话也说不出来，符彦卿的任命也就此作罢。

到了969年，宋太祖趁着和臣子一起在后苑喝酒的机会，又暗示大将王彦超等人辞去节度使等职，自解兵权。从此以后，武将对皇权的威胁不复存在，整个宋代，武将的地位始终高不过文臣。

2. 两代帝王的统一之路

先南后北的策略

北宋立国之初，除了与契丹人建立的辽南北对峙外，其余各地的割据政权还有六个。一是北边位于今天山西的北汉，另外五个都位于南方，包括占据四川等地的后蜀、湖北江陵一带的南平（又称"荆南"）、苏南和江西的南唐、浙江的吴越、两广的南汉。此外，湖南的周氏和福建漳州、泉州的陈氏虽然没有建号称王，但是都是五代后期脱离南唐自立的，如果算上他们在内，一共是八个。为了统一，宋朝必须做出艰巨的努力。

960年十一月的一个雪夜，宋太祖和弟弟赵光义在赵普家里围炉而坐，商议下一步的军事战略。考虑到北边的北汉背后有辽国为依靠，如果用兵，辽国势必出兵救援，而且如果先灭掉北汉，宋朝就要直接面对西北强敌，受到掣肘。三人最终决定先统一南方，再统一北方。

对于南方各个政权，宋太祖决定采取各个击破的战略。962年，割据湖南的武平节度使周行逢病死，传位给年仅十一岁的儿子周保权，手握兵权的大将张文表见机造反夺权。周保权自知不敌，便向宋朝求援。宋太祖便借这个机会行假道灭虢（guó）之计，以剿灭张文表的名义派兵南下，向割据湖北的南平借道。宋军到达南平时，张文表其实已经失败，但宋军毫无止步的意思，先是占领南平，然后水陆并进，南下灭了周氏政权。就这样，宋太祖一举消灭了两湖地区的两股割据势力。964年冬天，宋太祖又出兵攻打后蜀，从出兵之日起只花了两个多月就灭了后蜀。

南方的统一进程推进得很顺利，宋太祖就对收取北汉动起了心思。968年，北汉国主病逝，出现内乱，政局动荡。宋太祖趁机先后两次出兵，兵临太原城下，却都因为北汉的顽强抵抗和辽的援救没有成功。于是太祖只得收心，仍把重点放在南方。自970年至975年，宋先后灭掉了南汉、南唐。

976年八月，宋太祖认为到了可以再次北伐的时候，于是兵分五路攻打北汉。不料十月二十日太祖去世，终年五十岁，宋军不得不班师回朝，第三次北伐就这样不了了之。

烛影斧声疑云

宋太祖去世得很突然，生前没来得及指定皇位继承人。太祖一共有四个儿子，老二和老三早夭，留下了老大和老四。但这兄弟二人谁都没得到皇位，登上皇帝宝座的是他们的叔叔——晋王赵光义。

宋太祖去世的前一天晚上，大雪漫天，他召皇弟赵光义入宫，屏退左右近侍，两个人一边饮酒，一边商议国事。烛影摇曳，宫人远远只见赵光义时而离席，时而后退，好像在谦让躲避着什么。三更时分，雪已数寸，会面结束。宫人又见分别时太祖手持柱斧戳地，大声对晋王说："好自为之！"之后晋王离宫，太祖解带就寝，鼻息如雷。四更时分，太祖驾崩。皇后忙命宦官王继恩召皇子赵德昭入宫，不料王继恩却违抗命令，转而去通知赵光义。皇后看到入宫的人是晋王，大吃一惊，只好连忙说："我们母子的性命，就交托给你了。"晋王哭着说："共保富贵，不用担心。"

次日，赵光义即位，改名为赵炅（jiǒng），他就是宋太宗。至于前一晚到底发生了什么，太祖为什么突然离世，千百年来留给人们的只有种种猜测。

赵光义从前一直位居开封府尹，后又受封晋王，地位超过宰相，可谓一人之下万人之上。后来他的确得到了帝位，但由于没有正式的传位诏书，终究有点理亏。这时，因为以权谋私而于973年被罢相，之后处处受到排挤的赵普看准时机，抛出了所谓的"金匮之盟"。他声称两位皇帝的生母杜太后临终前曾召自己入宫，当着太祖的面交代遗命，请太祖百年后传位给弟弟赵光义，于是自己便当场将杜太后的意思写成誓书，放于金匮（柜），秘藏于宫中。

由于"金匮之盟"一说是赵普在给太宗的密奏里提到的，而且在太宗登基后的第六年才正式公开，是真是伪历来有很多推测。但是赵普通过此举为太宗正了名，也为自己谋得了复出为相的机会。

十国时代的结束

太宗称帝后，改年号为"太平兴国"，意欲成就一番新事业。他一边提拔自己的亲信，让他们在朝中担任要职，一边削弱一批太祖时期功臣老将手中的权力，加强对朝局的掌控。此外，他还扩大科举取士的人数，任用了不少有才之人。在巩固帝位的同时，太宗也开始着手继续太祖时期未竟的统一事业。978年，漳泉陈洪进、吴越钱俶（chù）向太宗上表纳土，分别献漳州、泉州和吴越之地于宋。至此，南方割据局面不复存在，攻取北汉就提上了日程。

为了取得北伐的胜利，太宗做了不少准备工作。他曾六次派人出使辽国，表达和平友好的意愿，试图通过外交手段迷惑敌人，使其放松警惕。与此同时，他还积极训练兵士、准备兵器和攻城武装。979年正月，太宗出兵北伐，兵分四路围攻太原。与此同时，他派人在太原以北的石岭关设下伏兵，以截断辽国来的援兵。

二月，太宗宣布御驾亲征，在石岭关击退了辽国派来的援兵，使北汉失去了最后的依托，然后将太原重重包围起来。四月，太宗亲临太原城下督战，一面劝北汉末代皇帝刘继元投降，一面命令宋军加紧攻城。五月初，宋军攻陷太原在即，刘继元见大势已去，宣布投降，北汉至此灭亡。

从宋建国起，到宋太宗灭掉北汉，前后历时十九年。宋朝用武力兼并了南平、湖南、后蜀、南汉、北汉六个政权，接受了吴越钱氏和福建陈氏的献地，结束了自唐末黄巢之乱以来近九十年的藩镇割据局面，基本统一中原，为十国时代画上了句号。然而，宋朝的统一成就到此也就结束了，因为他们遇上了一个马背上的劲敌——契丹。

3. 契丹崛起

耶律阿保机建辽

五代第一个王朝后梁的开国之君朱温代唐称帝的那年（907），契丹迭剌（là）部的耶律阿保机被八个部落的首领推举为可汗。契丹可汗并不像中原王朝的皇帝那样是终身制且可世袭的，而是由部落联盟会议推选产生，有三年一届的任期限制。雄才大略的阿保机不满足于只当一两任契丹可汗，而要效法中原君主，成为以契丹族为核心的多民族国家的皇帝。

阿保机成功地连任三次可汗，共计九年。其他七部的首领不愿他一直掌权，便联合起来想逼他交出权力。阿保机则先下手为强，骗七部首领到他的驻地赴宴，安排伏兵把他们都杀死。从此阿保机把八个分散的部落统一起来，建成一个国家。916年，阿保机正式称帝，以族名"契丹"为国号。他的儿子耶律德光继位后，于947年改国号为"辽"。阿保机和德光分别是辽朝的太祖、太宗。

阿保机能够完成从可汗到皇帝的转化，离不开汉人的支持和帮助。契丹族长期受汉族的影响，阿保机更是积极向汉人学习。他手下有两个来自河北的韩姓汉人，一个是安次人韩延徽，一个是玉田人韩知古。这两个人是他的心腹谋士和开国元勋，后来这两个韩家也都成为辽国的大族。此外，阿保机的迭剌部里还有许多汉族老百姓。这些汉人一部分是被掳去的，也有一部分是受够压迫而流亡到契丹的地盘谋生的。这些汉人种田、制盐、打造铁器，发展了契丹的经济。阿保机听从韩延徽等人的建议，用汉法来统治汉人，使他们能够过上安定的生活。他的继任者也基本延续了这个政策。

在契丹稳定发展的同时，与其对峙的中原王朝的局势正在不断变化。契丹人的老对手、一直据有幽州（今北京）的刘仁恭、刘守光父子被李存勖所杀。李存勖在923年建立后唐，并灭掉了后梁。然而后唐政局混乱，经常发生内讧。936年，后唐河东节度使石敬瑭起兵叛乱，

契丹首领耶律阿保机

并以称臣称子、割让土地为条件换取契丹的支持,取代后唐建立后晋政权。自此,契丹占据了燕云十六州,拥有了南下中原的门户和防止中原王朝北上的屏障。

高梁河之战

宋朝建立后一直面临着辽的威胁。宋太宗率领大军收服北汉时在太原集结了数十万军队,还击退了支援北汉的辽军,于是想乘胜一举攻取幽州,收复被石敬瑭出卖给辽的燕云故地。辽对作为燕云十六州中心之一的幽州很是重视,称其为"南京城",派重兵防守,将其扩建成陪都和军事、政治重镇。宋军正月出兵,接受北汉的投降时已经是五月,全军都很疲乏,再加上掳掠所得不少,将士们都无心继续作战。但被胜利冲昏头脑的宋太宗并不了解部下的心情,不顾天气炎热,执意大举用兵,于当年六月下旬兵临幽州城下。

宋军连续展开了十几天的猛攻,然而幽州城坚,宋军久攻不下,士气不免低落。辽景宗得知前线告急,连忙派大将耶律沙和耶律休哥率军驰援。七月初六,宋军与耶律沙大军在幽州城外的高梁河(今北京西直门外)展开激战，耶律沙不敌宋军，败退而去。以为自己占据上风的宋军奋起直追，却因连续攻城疲惫不堪，行军缓慢。就在此时，耶律休哥出其不意地杀了出来，宋军看不出敌人的多寡，心中胆怯，不敢接战。耶律休哥则收容了耶律沙的军队，与耶律斜轸各自统率精锐骑兵，分左右两翼乘夜夹攻宋军，形成合击之势。耶律休哥身先士卒，受了重伤却仍坚持力战。疲惫的宋军在辽军的猛攻下无力抵抗，只得连夜撤退，一时间溃不成军。宋太宗更是在仓皇中身受箭伤，不能骑马，乘上近臣找来的驴车才得以逃脱。

高粱河一役打断了宋朝的统一步伐，辽军则自此扭转了劣势。此外，太宗在这次失利逃亡中曾和队伍失散过，在他失踪期间，由于群龙无首，竟有大臣想要拥立太祖的长子赵德昭为帝。这让太宗感到一种潜在的危机和忧惧，开始专注内政，采取"守内虚外"的策略，暂时搁置了北伐之事。

收复燕云之地的最后努力

986年，有边将向宋太宗报告说："契丹君主年少，母后专政，请趁此时机夺取幽、蓟二州。"

当时正值辽景宗耶律贤去世，他十二岁的儿子耶律隆绪继承帝位，国家大事由年方三十的萧太后掌管。萧太后善于用人，她和耶律斜轸、韩德让一起主持朝政，派耶律休哥负责对宋朝的军事行动。然而，景宗死后辽的政局一度十分混乱，刚接管国政的萧太后曾对大臣哭诉："皇帝年幼，部族宗室势力雄厚，边境又不安宁，我一个寡妇如何应付得了？"辽是一个在部落的基础上建立起来的国家，建国几十年来各部仍保有独立性，若是闹起分裂，就面临着国家分崩离析的危险。即使有耶律斜轸和韩德让等人协同治理，想把形势完全稳定下来还是要花上几年时间。另外，韩德让的显赫权势也引起了贵族的不满，甚至还有人对他和萧太后的关系指指点点。

宋太宗和大臣认为辽国统治集团内部暗藏矛盾，此时出兵取胜的可能性很大，于是发动了第二次北伐，想一举收复燕云十六州。这一次，宋军分三路前进，主力东路军由大将曹彬等统率，从雄州（今河北雄县）出发，慢慢向幽州推进，吸引敌人的主力。中路军由田重进等统率，一路出飞狐口（今河北涞源北），攻取河北西北部和山西东北部各地。西路军由潘美、杨业率领，攻取山西北部各地。田、潘两路人马猛攻猛打，得手以后再一同东进，与曹彬大军会合，收复幽州。宋军这种先剿其枝叶再消灭主力的做法从战略上看起来很好，执行的时候却出了问题。

中路军和西路军进展得很顺利，收复了不少地方。然而正当他们基本完成战略目标的时候，却传来了宋军主力东路军大败的战报。宋太宗本想让东路军慢慢进军，只做出佯攻幽州的模样，牵制辽军的主力，好让辽没有足够兵力支援中路军和西路军的作战区域。可曹彬等人未能有效地执行命令，他们在雄州得到中、西两路军连获胜利的消息后，将领们觉得丢脸，吵着要进兵。结果在占领涿州后，因天气炎热、兵力疲乏和粮草难续而无力应对辽国大军，只能撤退。五月初，东路军退到岐沟关时被耶律休哥率领的辽军追上，宋军大败，死者不计其数。

岐沟关之战惨败后，宋太宗命令中西路军撤军。西路军监军王侁(shēn)不顾副帅杨业避敌主力的建议，逼他主动出击，正面迎敌。杨业为了避免士兵白白伤亡，苦心相劝，却得不到主帅潘美的支持。无可奈何的杨业只好抱定必死的决心，率一支孤军出击，结果中了辽军

为国战死沙场的老将杨业

的埋伏。杨业带伤仍坚持死战，最终被辽军俘虏。他坚决不降，绝食三天而死。宋太宗事后十分惋惜，表彰了这位忠义报国的老将。杨业及其家族的事迹后来被民间艺人编成了"杨家将"的故事，流传至今。

东路军的失败导致合围幽州的计划彻底泡汤，随着宋军的全线撤退，声势浩大的北伐就这样失败了。因为这一年是宋太宗雍熙三年，又被称为"雍熙北伐"。这是宋太宗为收复燕云之地进行的最后一次努力，此后宋朝对辽由攻转守，再也不敢出兵争夺燕云十六州了。

4. 文治时代的开端

科举取士与养士

作为开国皇帝的宋太祖不但能征善战，也会作诗，还很喜欢读书。随周世宗打淮南的时候，有人举报说他私吞战利品，贵重的财物拉了好几车。世宗听后派人开箱检查，发现里面除了几千卷书就没别的东西了。当上皇帝后，太祖有感于五代武将骄横的流弊，希望武官们能通过读书来遵守上下尊卑的君臣之义,通晓治国之道。朝野上下由此形成了一股读书的风气,文臣地位不断提升。

重用文臣,就需要通过科举考试从读书人中选拔人才。因此,科举制在宋朝也发生了不少变化。朝廷减少了对应试者的限制,不再排斥出身"工商杂类"的读书人参加考试,录取后也不再经过吏部的筛选才能任命,而是可以直接做官。

但宋朝的考试制度比前代更严格。主考官为了避嫌,要在考试期间留宿于尚书省贡院内,锁门谢客,这是针对考官的"锁院"制度。考试结束后,试卷上的考生信息要用纸糊起来,直到最后审定成绩时才会拆开宣布。这种唐朝出现的"糊名"制度,在宋朝成为定制。此外,为了避免考生作弊,宋朝还实行了"誊录"制度。由专人负责誊录试卷,检查校对无误后,将誊录的副本交考官阅卷。同时,为了防止有人以权谋私,宋朝还规定凡是官员子弟考中的,都要增加一次复试,复试不合格的都算落第。

在宋代,殿试成为省试之后的一个固定制度。省试第一的,殿试不一定是第一,谁是状元皇帝说了算。殿试之后，录取的考生也都成为"天子门生"，进一步笼络了人心。为防止科举考试漏选人才，朝廷还开创了破格录取落榜举人的恩科制度。即从落第之人中择其优者另行组织殿试，赐予进士出身。而对于那些考进士多次不中的举人，由礼部另行造册登记，组织更加简单的殿试，特赐进士出身。

和隋唐相比，宋代科举的录取人数大大增加。整个唐代的进士总数为六千多人，而宋太宗在位的二十二年间，单单进士一科就录取了近万人。科举不仅促进了人才的培养和流动，还一洗五代十国遗留的重武之风，带动整个社会一心向学的风气和文化的繁荣。

崇文风气的形成

隋、唐两朝的朝廷都藏有很多图书，可是由于战乱，书籍或被毁，或散落民间，到宋朝初年时中央藏书只有一万多卷。平定诸国后，朝廷从后蜀、南唐等地以及民间得书数万卷。宋太宗即位后嫌藏书的馆舍狭小，书也太少，说："这怎么能储藏天下的图书、招揽天下的贤才呢？"于是他下令修建了宽敞的崇文院，还对向朝廷进献书籍的臣民加以奖励。经过不断积累,到北宋末年,中央藏书达到了七万多卷。

宋太宗让大臣们编纂了三部大型的类书。一部书将上千种图书按照天文、地理、典章制度、山川名物等分门别类地归纳、罗列,叫作《太平总类》;一部书收录魏晋至唐、五代作家的诗文,其中唐代作品约占全书的十分之九,叫《文苑英华》;一部书收集历代的奇人异事,叫《太平广记》。宋太宗特别喜欢《太平总类》,每天阅读三卷,说:"我打开书,就会从中受到教益。这部书共有一千卷,我想用一年的时间把它读完。"因为这部书是皇帝亲自通读过的,书名就被改为《太平御览》。《太平御览》《文苑英华》《太平广记》和真宗年间编的《册府元龟》被人称为宋代的"四大类书"。

宋朝时的重文轻武政策也刺激了文人读书和买书的需求,雕版印刷事业在这时迎来了黄金时代。过去用手抄录才能得到的图书,现在只要刻在木板上,就能印刷出几百部、上千部,传播起来更加容易。刻书系统分为官刻本、坊刻本、私刻本三种。官刻本由官府组织刻印,坊刻本主要用于盈利,由书坊主刻印;私刻本则由学者或藏书家主持刊刻。宋朝时不仅皇帝能藏书,有钱人家也可以收藏大量的书籍。太宗时期，有的人家中已藏书万卷甚至几万卷，有的书连宫中都没有。

太祖和太宗鼓励读书、藏书的风气影响深远。神宗时期有藏书家说："与其留给子孙满箩筐的黄金，不如留一部经书给他们，让他们树立志向、增长学问，世世代代受用不尽，比钱好多了。"北宋大文学家黄庭坚在《山谷别集·戒读书》中还发出了"不可令读书种子断绝"的感慨。

读史点评

五代十国的数十年间,战乱不断,皇帝换了一茬又一茬。或是兵强马壮的将领掀翻龙椅造了上司的反,或是父子兄弟之间你革了我的命、我夺了你的权,老百姓几乎没太平日子可过。宋太祖赵匡胤正是这样一位成长于乱世又终结了乱世的枭雄。

宋太祖以武力得天下,因此比其他人更深知武人当政、藩镇割据的危害。他采取了一系列措施,比如限制地方和武将的权力、鼓励科举取士、提高士大夫和文官的地位等,避免了武人凭借兵权夺取政权的事情再次发生,为宋初社会经济的发展奠定了基础。

宋代种种制度的设置以内敛守成为特色,但当时历史的重心已发生了变化,外部少数民族政权将长期与宋对峙。这种形势下,正需要调整政策措施,对内削弱武将,对外重用武将。而有宋一代,这种内外形势与制度设置的相悖始终无法调和,最终造成了对外国势的转弱以及积弱不振的局面。

思考题

燕云十六州是后晋石敬瑭送给契丹的土地。有人说"燕蓟不收则河北之地不固,河北不固则河南不可高枕无忧",从周世宗到宋太祖,再到宋太宗,他们一直想收复燕云之地。试着说一说,你认为丢掉这十六州给中原王朝带来了什么影响。

第二章

北宋中期的战争与改革

1. 换来百年和平的"澶渊之盟"

辽军直逼国门

雍熙北伐失败后，辽军经常侵扰宋境。宋朝虽有局部性的胜利，但仍无法扭转被动局面，边防压力很大。997年，太宗去世，太子赵恒即位，也就是宋真宗。真宗登基后，还没来得及大展身手，就遭遇了辽军的南侵。在1003年的定州望都之战中，两军展开了激烈的对抗，辽军战胜，还俘虏了深得真宗信任的定州副都部署王继忠，却并没有占到多少便宜，损失也不小。

这年夏天，真宗拟订了一份军事计划，把边防军的主力集结在定州，南面增援的军队集结在大名府（今河北大名），定州以东的宁边军（治所在今河北蠡县）和南面的邢州（今河北邢台）也各屯一军，作为次要的据点。另外由魏能、田敏、杨延昭各率几千名骑兵作为机动部队，伺便袭敌，或北入敌境进行骚扰性攻击。真宗是想将主力集中，不至于被敌人吃掉。且后方始终留有宋军主力和机动部队，即使辽军一路深入，宋军也可以将主力保存到最后。只是这样一来，势必使宋朝国土和民众饱受契丹铁骑的蹂躏，而这一计划在实战中的效果并不尽如人意。

1004年闰九月，萧太后和辽圣宗亲自统率二十万大军南下，以萧挞凛为先锋，浩浩荡荡攻入宋境。辽军在边境同宋军魏能、田敏等部只发生了点小接触，南进到保州，耀武扬威一番，便进逼西南面的定州。宋朝北面都部署王超手握重兵但不敢出战，辽军也不攻打他，径直转移到定州东北的望都县，大踏步向东南方进军，开始围攻瀛州（今河北河间）。瀛州没有重兵，知州李延渥、巡检官史普率领的只是些州兵、民兵。他们凭城固守，用石块、巨木把攀缘上城的辽兵打得纷纷跌落，辽军只好弃之而去。

同年十一月，辽军进逼宋朝的大名府，首先进攻北门。宋朝众将恐惧之下都不愿意守北门，主帅王钦若见状，竟主张用抓阄的方法决定人选。他的手下孙全照反对抓阄，主动带人去守北门。孙全照一向注意训练弩手，他手底下的弓弩手，不管是射人还是射马，都能射穿重甲。他命令大开北门，放下吊桥，严阵以待。辽兵见北门有准备，就改去打东门。到了晚上，他们悄悄绕过大名府，向南进攻河南的清丰县。王钦若听说辽兵已经南下，便派人领精兵追击，不料敌人早有预料，在路上设下伏兵，追兵一上来就被围住了。幸好孙全照带兵来救，才不至于全军覆没。

十一月二十日，辽军攻陷清丰县。二十二日，到达澶州北城（今河南濮阳）城下。北城就在黄河北岸，距离南岸的宋朝都城汴京已经很近。辽军进抵澶州，也意味着直逼宋朝的"国门"，这是事关存亡的严重危机。

是战是和

面对这场危机，摆在宋朝朝廷面前的有三条路：战、和、走。

早在得知辽军大举南下时，朝中已有争论。执政大臣之中，王钦若主张迁都金陵（今江苏南京），陈尧叟主张迁都成都。这两个人都主张"走"。真宗又转而问寇准迁都是否可行。寇准为人刚直，因多次直言进谏被太宗提拔，如今也是真宗手下的重臣。他是坚定的主战派，便装糊涂说："谁替陛下想出这种主意，其罪可斩！今日只要陛下亲征，将士卖力抵抗，敌人自然会逃遁。如果敌人不肯撤走，我们只要一面出奇制胜，打击敌人的气焰，一面加强防守，使敌人捞不到便宜，一定可以稳操胜券。"真宗听了这番话，就放弃了迁都的想法。

真宗虽然不想"走"了，但又实在缺少打仗的勇气。这时从敌方阵营传来了议和的消息，他不由得喜出望外。原来一年前被俘的宋军将领王继忠并没有死，而是投降了辽军，此次正是他劝萧太后与宋朝讲和的。萧太后厌倦了多年的战争，加上发现宋朝也没那么容易攻打，便同意了讲和。真宗对于议和也十分热心，认为王继忠作为宋辽议和的使者有功于朝廷，便派大臣曹利用带了给辽国皇帝和王继忠的诏书前往辽军军营议和。此事发生在辽军进逼大名府以前，所以说，战争还在进行时议和就已经开始了。

双方对议和各有想法。宋朝希望保持现状，辽国却要求割让土地，认为雄州、霸州、瀛州、莫州等州原归属自己，必须收回。宋朝认为这些地方本来是中原王朝管辖的，万万不能割让。萧太后已经决定讲和，却还要进逼大名府甚至更南边的澶州,用意是靠兵力威胁宋朝答应割地求和的条件。寇准知道了议和的事,仍旧坚持真宗亲征,则是想表示宋朝有战的决心和实力,使辽国放弃苛刻的条件。宋辽的议和一时处于拉锯状态中,双方都想通过博弈获得对自己更有利的条件。

真宗被迫亲征

在清丰县失陷的同一天,真宗也离开了汴京。在离澶州还有百余里的时候,真宗得到辽军继续南下的战报。大臣当中又有人主张迁都金陵,真宗再次询问寇准的意见,寇准说:"群臣胆小无知,见识如同乡下老妇一般短浅。现在敌兵迫近,人心恐慌,陛下只能前进不能后退。前线将士若能看到您的车驾来临,士气必定大振。如果这时候车驾回头向南,军心必定瓦解,只怕到时候连金陵也逃不到。"

就在真宗犹豫不决时,澶州前线发生了一件大事。辽军的气焰本来很高,一到澶州就开始三面合围。统军萧挞凛骄傲轻敌,亲自到城下察看地形,却被宋军强弩射死,辽军士气受到不小影响。澶州守军得此胜利,军心大振。一直畏缩拖延的真宗终于继续前进，到达澶州南城，并渡过黄河，硬着头皮上了北城门楼，扯起黄龙旗。全军将士得知皇帝到了，顿时高呼万岁，几十里内都听得清清楚楚。宋军士气更加高涨。

十二月初一，从辽军军营回来的曹利用和辽国使臣进城见真宗。此时辽国仍然要求割让土地。真宗与朝臣商议，决定以每年赠与若干金帛为条件，请对方放弃割让土地的要求。辽国求和心切，便同意了。之后，曹利用在澶州北城外契丹军营中与萧太后及辽圣宗达成和议，宋朝以每年向辽纳岁币绢二十万匹、银十万两的代价，换得双方和好，为兄弟之国（辽圣宗称宋真宗为兄，真宗称萧太后为叔母）。因澶州在宋朝也被称为"澶渊郡"，因此这次结盟在历史上被称为"澶渊之盟"。

回城报告消息时，曹利用伸出三根手指，向真宗表示数额。真宗一开始以为是三百万，觉得费用有点多，后来一想不用打仗了，费用多一点也可以接受。待他后来知道是银和绢加起来共三十万，不禁大喜，直夸曹利用事情办得好。

澶渊之盟结束了宋辽之间长达二十余年的战争，带来了一段百余年的和平时期。宋朝尽管每年要送出岁币，但相比之前巨额的军费开支，压力已经小了很多。不过长期的和平也是一把双刃剑，因为长年不打仗，军备变得松弛，这也成为宋朝最终灭亡的原因之一。

2. 仁宗时代

有雅量的皇帝

宋仁宗赵祯是真宗的第六子，也是民间故事"狸猫换太子"中的那个太子。不过他并不是被偷偷换走的，而是堂而皇之被抱走的。他的生母李氏本是真宗宠妃刘娥身边的一个侍女。真宗一直有意让刘娥做皇后，但刘娥出身低微且没有生子，所以赵祯自出生起就被养在刘娥身边，真宗对外宣称他是刘娥所生。1022年，真宗去世，十三岁的赵祯即位，也就是宋仁宗。皇太后刘娥临朝听政十余年，谁也不敢告诉仁宗他的生母究竟是谁。直到1033年皇太后去世，仁宗亲政，他方才知道自己的身世。

宋仁宗是中国古代少有的以"仁"为庙号的帝王。

就为政而言，宋仁宗算不上奋发有为，他的长处在于仁厚宽容，对各种批评的容忍度很高。包拯当谏官的时候，张贵妃最受仁宗宠幸，她的大伯张尧佐企图借势登上副相之位。包拯等人纷纷上书，说张尧佐做副相不够格，结果最后张尧佐不但没当成副相，还丢了掌管全国财政的三司使之职。仁宗为了安慰他，任命他兼任淮康军节度使、群牧制置使、宣徽南院使、景灵宫使四职。包拯看不过去，在上朝时领着百官当面强谏。仁宗被气得不轻，却还是免去了张尧佐的宣徽南院使、景灵宫使两职。

过了一年多，张贵妃又和仁宗说起自己大伯的事，仁宗就重新任命张尧佐为宣徽使，结果包拯又带着谏官们在殿上争辩。张贵妃来打听情况，仁宗气呼呼地说："宣徽使，宣徽使，你就知道宣徽使。今天包拯在大殿上唾沫都溅到我脸上了，你不知道包拯是谏官吗？"

包拯为官廉洁，不畏权贵，直言敢谏，为朝廷举荐了不少人才。他体恤民情，执法严明，断案如神，有"包青天"之称，是百姓心中正义的化身。正是仁宗的雅量，成就了包拯"中国古代第一清官"的美誉。

仁宗严于律己，宽以待人，善于纳谏，重用了不少

为人刚正不阿的包拯

有识之士，在位期间国家相对而言也比较安定。但当时宋朝面临的一些积弊已经十分深重，想要解决问题，急需一场富有魄力的改革。

范仲淹与庆历新政

仁宗庆历年间，由于西夏的进攻，军事开支激增。辽国见宋朝可欺，便派使者索取太原和关南土地。经过谈判，双方最终议定把岁币的银和绢各增加十万。随着宋朝官员的人数越来越多，官俸的支出也大大增加。"冗费""冗兵""冗官"等诸多因素加在一起，使得宋朝民穷财尽，出现了几次小规模的农民起义。在日趋严峻的形势下，朝廷中对于变法革新的呼声也日益高涨。

1043年，西夏请求议和，边境战事稍歇。对内忧外患局面颇感忧虑的仁宗，便将在西北负责三年边防事务的范仲淹召回朝廷，担任枢密副使。过了几个月，又任命他为参知政事。这时候，韩琦、富弼做了枢密副使，欧阳修、余靖等做了谏官。杜衍先做枢密使，后来做了同平章事，相当于宰相。仁宗决定起用这一批人开展改革和整顿。

面对仁宗的要求，范仲淹和富弼提出了以整顿吏治为核心的十项改革建议，仁宗大都予以采纳。由于这一年是庆历三年，因此这次改革也被称为"庆历新政"。范仲淹、富弼等人认为地方官是直接管民事的，最为紧要，当今的地方官一百个中难得有一两个好的，所以主张官员不再按固定年限升迁，而是建立逐级负责的制度。政府只管转运使的人选，由转运使选用知州，知州选用所属的知县。做得不好的随时罢免，做得好的就长期任职，不轻易调动，特别有成绩的则升官提拔。他们还主张兴办学校，加强平时的教育，避免只靠科举考试的一张卷子选取人才。这些整顿吏治的措施在一定程度上纠正了"冗官"之弊，让真正有才学之士能够得到任用，提高了朝廷和地方官府的运转效率。

另外，新政还限制大臣子弟凭身份取得官衔，这自然得罪了许多有权有势的人，新政的推行由此也遇到了阻力。新政刚开始，反对派就诬告曾得到范仲淹推荐的滕宗谅（即范仲淹《岳阳楼记》中提到的滕子京）贪污，说他在泾州时滥用公款，贱价收买民间牛驴犒赏军士。后来查了两三个月，也没有查出什么名堂，只能上报"滕宗谅所用钱款数目分明，并无贪赃枉法之事"。然而反对派并没有就此罢休，通过挑起一连串的事端，污蔑改革派私结朋党，使他们相继被排斥出京。范仲淹迫于压力，上书皇帝请求到地方上任官，仁宗把他派到知邠（bīn）州（今陕西彬州）兼陕西安抚使任上，富弼则去了郓州。不久，韩琦也出京去了扬州，杜衍则被罢相。欧阳修为他们几个申辩，说："陛下从千百名官员中选出这几位人才，一旦把他们罢免，只会让那些小人弹冠相庆，我实在是为陛下感到可惜呀！"结果他也被排挤去了滁州。各项改革举措被废止，新政宣告失败。

庆历新政中改革官员选拔任用制度、兴修水利和发展农桑等举措，刚刚使吏治、财政状况有所改善就夭折了，但朝廷中关于变法的讨论并没有到此为止，范仲淹《岳阳楼记》中的"先天下之忧而忧，后天下之乐而乐"也成为名言，一直流传至今。至于尚未解决的深层矛盾和弊病，使要求改革的呼声此起彼伏，一场新的更大规模、更为深刻的改革运动已在酝酿之中，这就是后来的王安石变法。

3. 与宋争雄的西夏

李元昊称帝

未能实现完全统一的北宋长期与少数民族政权并立，除了北方契丹人建立的辽，西北还有党项人建立的西夏。党项本是羌族的一支，曾经依附唐朝，其首领被皇帝赐姓李。五代十国时期，李氏一直向中原王朝称臣，以此谋求自身的安定发展，并逐渐富强起来。

到了北宋时期，势力壮大的党项首领李继迁开始袭扰宋朝边境，并被辽封为夏国王。宋真宗为了息事宁人，事实上承认了党项的独立地位，党项对宋朝仅剩名义上的依附关系。1002年，李继迁攻下了灵州（今宁夏灵武），改其为西平府。不久，李继迁在与吐蕃部落交战时受伤而死，他的儿子李德明继位。李德明和宋朝保持了较好的关系，他在位的三十年也是党项大发展的时期，境内农牧业都有所发展。

李德明去世后，其子李元昊在位初期，党项的势力范围西至玉门关，东到银州、夏州，南与宋的环州（今甘肃环县）等地为邻，已经很大了。且李元昊是一位文武双全的英才，他野心勃勃，不喜欢父亲的对宋政策，主张断绝朝贡，小目标是平时侵扰劫掠，大目标则是夺占宋朝的疆土地盘。他认为穿皮毛、牧牛羊是党项人的生活习惯，何必穿汉人的绸衣，英雄在世就该称王称霸，不应屈居人下。

李元昊即位后，马上着手准备建国之事，仅用六年的时间就做好了筹备工作。他采取一系列文化措施，首先废除了被赐的"李"姓，以示独立。他还依据鲜卑旧俗发布"秃发令"，限本国人三天内一律剃光头顶，只留周围的头发，逾期或不从者处死。李元昊颁布了新制的记录党项族语言的文字，即西夏文字，改革了受唐宋影响很深的礼乐制度。此外，李元昊在政治、军事制度方面也进行了一系列的改革。他把兴州（今宁夏银川）升格为兴庆府，扩建宫殿，同时加强了军事建设。

1038年，李元昊在亲信大臣的拥戴下，在兴庆府正式宣布称帝，国号"大夏"，史称"西夏"，定兴庆府为都城。李元昊成为西夏的开国皇帝。

小范老子守陕西

李元昊称帝后的第二年,上表给宋朝自称为臣。但他说自己是北魏皇家子孙,现在又做了皇帝,建国是合理的,要求宋朝承认自己是西部地区的合法君主。

宋朝收到上表后,君臣一同商议对策。右正言吴育认为,李元昊与宋一向只有名义上的关系,现在既然已经称帝,绝不肯再取消,所以主张采取缓和态度,承认他的名号,同时坚壁清野,做好防御的准备。这个对策比较切合实际,根据宋朝的实力也只能采取这样的办法。然而朝廷并未采纳此议,反而宣布削夺李元昊的官爵,并在宋夏交界处张贴悬赏告示,声称凡能斩李元昊首级来献者便任命为节度使。李元昊闻讯大怒,决定发兵攻宋,宋夏战争就此爆发。

1040年,西夏军攻延州(今陕西延安),知州范雍召大将刘平、石元孙来救,结果两将兵败被杀。范雍吓得不知道该怎么办,幸而天降大雪,西夏兵只得解围而去。朝廷把范雍降职调离后,先后派来守延州的人都贪生怕死,镇守不力。此时范仲淹便自告奋勇,讨了这个知延州的差事。抵达延州后,范仲淹把一万八千人分给六将，每将率三千人分部训练。有敌情的时候，该多派就多派，该少派就少派，而不是像朝廷规定的那样按官职大小派兵，军队战斗力因此有了较大提高。陕西各地纷纷效法，西夏人也都说："小范老子腹中自有数万甲兵，不像大范老子那样好欺负！"所谓"大范老子"指的就是范仲淹的前任范雍。

范仲淹守陕西几年，赏识并提拔了名将狄青。狄青出身农家，擅长骑射，每次作战总是冲在最前面，喜欢戴着铜面具披头散发地拼杀，令敌军闻风丧胆。他曾在保安（今陕西志丹）大败率兵入侵的李元昊，扭转了整个西北战局，史称"保安大捷"。狄青又率上万人修筑堡塞，扼守边境要害，使李元昊不敢再轻举妄动。范仲淹曾叮嘱狄青读《左传》，注意吸收古人的军事经验，并语重心长地对他说："做将官的人如果不学战史，不过是匹夫之勇而已。"狄青于是发奋阅读兵书，终成一代名将，同时凭借卓越的战功，被仁宗破格提拔为枢密使。

三年多的宋夏战争下来，西夏虽然打了许多胜仗，但宋边境守备兵力始终充足，西夏并没有得到多少土地。连年战争造成宋夏之间贸易中断，党项牧民喝不到茶，衣料价格上涨，生活很不方便。大量劳动力也不能从事生产，经济大受影响。李元昊不得不改变政策，于1044年与宋达成和议，向宋称臣。宋朝每年给西夏岁赐银、绢、茶二十五万五千，两国恢复互市贸易。此后宋夏时战时和，都是边境冲突。西夏国屹立西北一百九十年，到1227年才为蒙古所灭。元朝将西夏故都所在地改称为"宁夏"，这个地名一直沿用至今。

4. 王安石变法

拉开变法序幕

庆历新政失败后，宋朝大官僚、大地主逃避纳税的土地更多，政府收入减少，官吏、士兵的数目又有增加，财政压力越来越大。这种积贫积弱的形势引起了很多人的忧虑，王安石正是其中之一。当时身为地方官的他曾趁进京述职的机会，向仁宗上万言书要求变法，直言如果不进行变法，有可能发生汉末黄巾、唐末黄巢这样的农民大起义。

宋仁宗没有接受他的建议，直到1067年，抱负满满的神宗赵顼（xū）即位，才决心进行改革。1068年，也就是熙宁元年，神宗召见自己仰慕已久的王安石讨论变法问题，第二年又任命王安石为参知政事，设立筹划变法的"制置三司条例司"。"三司"指度支（财政）、户部、盐铁，都是理财的部门。一年后，王安石更是被升任为同平章事，位同宰相。

熙宁元年王安石四十八岁，距当初上万言书已有十年。他三十岁以前在鄞（yín）县（今属浙江宁波）做知县时便大力兴修水利，提倡教育，还曾把公家存粮借给农民，酌收利息，帮助他们熬过青黄不接的日子，避免高利贷者的重利盘剥。他在鄞县做的工作颇有成效，也帮助他积累了宝贵的经验。被委以变法重任的王安石意气风发，主要围绕富国、强兵、选才三个方面展开变革。富国措施中最早实行的是"青苗法"，王安石根据自己在鄞县时的做法，在每年二月、五月青黄不接时，由官府贷给农民钱粮，利息随夏秋两季的赋税归还。又推出各种法令，包括：官府雇人承担差役，民户可以出钱免除服役的"募役法"；鼓励垦荒，由当地住户按贫富等级出资兴修水利的"农田水利法"；由官府出钱在物价下跌时买进物资，等物价上涨时抛售，用于打击大商人囤积居奇的"市易法";等等。

强兵措施是为了增加军队的战斗力。首先通过"保甲法"将乡村民户以十家为一保编组起来,抽出人丁为保丁,农闲时集中接受军事训练,这大大充实了国家的预备兵源。其次是增加战马的数量,通过"保马法"由官府出钱,令民户饲养马匹,作为战马的储备。最后,为了改变此前将领调动过于频繁,"将不知兵、兵不识将"的局面,新法中的"将兵法"将禁军改为将、部、队三级编制,将领专门负责士兵的训练,以达到"强兵"的目的。

政治、经济和军事体制改革之外,王安石也非常关注人才的选拔。他改革科举制度,规定进士科从考诗赋变为考经义、策论,更加重视选拔具有真才实学的人;整顿太学,实行太学三舍法;提倡唯才用人,打破按资升迁的成规,根据才干提拔和任用中下级官员。

一场自上而下的大变革就这样轰轰烈烈地展开了。

新法的争议

"青苗法"当初在鄞县实行得很成功,在全国范围内却引起了争论,头一个提出异议的是苏轼的弟弟苏辙。

当时苏辙在条例司里办事,王安石和助手吕惠卿征求他对新法的意见。苏辙看过文书后说:"借低利息的钱款给百姓,本意是为了帮助他们解决困难。但是执行起来,地方官府为了增加收入,经手的人员很容易借机盘剥百姓,这种流弊很难防止。"

王安石认为此言有理,之后甚至一度不再提起"青苗法"。但时任转运使的王广渊提出:"春天田里忙起来的时候,百姓手头没钱,放债的人就乘人之危放高利贷。请准许本地官府将留用钱帛五十万借给穷苦百姓,每年可收利息二十五万。"王广渊的建议着重点在于增加官府收入,与王安石救百姓之急的本意是有出入的。但是王安石没有注意到这一点,不久"青苗法"就开始实行了。不少地方官果然为了收取其中的利息而强迫农民参加,使"青苗法"变成了农民身上新的沉重负担。

其他变法措施在执行过程中同样难免出现这种背离政策本意的现象。如"募役法"本是为了使百姓从沉重的劳役中解脱出来,保证农业生产劳动的时间。可富有的大户往往出钱免除劳役,负担实际上都转嫁到了贫苦农民身上。又如"农田水利法",本来是由当地住户按贫富等级出资兴修水利工程,造福一方百姓。但工程数量逐渐成为地方官员政绩的考核标准，一些地方官员为了邀功，不惜加重百姓的负担。

新法大规模推行当年，河北安抚使韩琦就上书对"青苗法"提出异议，指出其在执行中的问题。神宗看了奏本后称许韩琦是忠臣，王安石很是生气。新法遇到问题是难以避免的，王安石如果能查清并解决问题，效果会好得多，反对的议论也会缓和下去。然而王安石固然有着坚定的决心，却过于倔强执拗，凡是他认定的事情，便听不进任何人的意见，当时人们称他为"拗相公"。作为变法的主持人，王安石这种执拗的性格导致他遇事不讲究变通和策略，只是一味地与反对派硬碰硬地对抗，反而令变法遇到的阻碍越来越大，直至寸步难行。

新法被废

王安石变法初期在一定程度上改变了宋朝积贫积弱的局面，令神宗对富国强兵的理想充满了憧憬。当时宋军甚至开始部署兵力，准备向西夏发起进攻。可是新法涉及的官员、制度、地域实在太广，实施起来也有这样那样的弊端，执行一段时间后，很多原本赞同变法的人也纷纷表示反对。很多大地主、大商人和皇亲国戚因为自身利益受损，也跳出来指责、诋毁王安石。偏巧当时又发生了严重的旱灾，有人就说："只要罢免了王安石，上天就能下雨了。"神宗的祖母曹太皇太后、母亲高太后也跑来找神宗哭诉。

神宗感到很为难，对新法的态度慢慢不再坚决。王安石只好辞去相位，但仍举荐吕惠卿为参知政事，希望他能将变法继续推行下去。可是吕惠卿心术不正，只想自己坐稳相位，一心讨好神宗，不但变更新法，还极力排挤其他的改革派官员。作为变法派领袖的王安石个人操守固然无可非议，但他提拔重用的一批支持者中，却有不少人品行不佳。用人不当也成为导致变法最终失败的原因之一。

朝臣们无法忍受吕惠卿，于是请求重新起用王安石。王安石再一次出任宰相，主持变法。可是神宗已经习惯了自己拿主意，不再对他言听计从，而过去极力支持新法的吕惠卿，现在也成了王安石的死对头。不久，王安石最疼爱的儿子王雱（pāng）病死了，王安石极为伤心，再一次辞去相位，回到江宁养老去了。几年后神宗死了，即位的哲宗只有十岁，由高太皇太后执掌政权。高太皇太后本就反对新法，便召回四朝老臣司马光为相，主持朝局。

司马光之前因反对新法离开朝堂十五年，退居洛阳，潜心编纂《资治通鉴》。这部史书共两百九十四卷，逾三百万字，从战国时期一直讲到五代，将这一千三百多年间的朝代兴亡、政治得失囊括在书里，作为执政者施政治国的历史借鉴。《资治通鉴》是中国古代第一部也是篇幅最大的一部编年体通史，司马光也由此与司马迁并称为史学界的"两司马"。

重回朝堂后，司马光和那些反对变法的人最终全面废除了新法。

读史点评

北宋中期，冗官、冗兵、冗费和积贫积弱的局面日益严重。最初一个州办公只需刺史、司户两个人，后增加了通判、判官等分化事权，官员人数激增数倍，机构臃肿。募兵养兵政策也导致荒年募饥民为兵的人数持续增长，太宗末年军队总数为六十六万余人，仁宗时因与西夏作战，军队总数激增到近一百二十六万人。同时，王朝的各种财政支出也日益庞大。宋代经济发展水平虽大大超过唐代，但国库年年入不敷出。而在宋朝的边境群强环伺，时常受到外敌的侵扰。

为了解决"三冗"和积贫积弱的局面，在仁宗和神宗的支持下，分别上演了庆历新政和王安石变法。庆历新政较多侧重人事，希望通过改革吏治而富民强兵，因既得利益者反对而很快失败。王安石变法不涉及人事，较多着眼于制度改革，目的是通过税收增加财政收入，富国强兵。其各种制度的出发点是好的，但在推行中因用人不当，全失本意。随着这两场改革的失败，北宋朝廷也失去了自强自救的可能。

思考题

王安石主持变法之前拥有很高的威望，变法措施也被朝廷上下寄予厚望，但变法开始之后，他却遭到朝野上下的激烈反对并最终失败。试着找出一两个原因。

第三章

宋辽金并立

1. 女真的兴起

天生就是精兵

辽从五代到北宋一直是中原王朝的强敌,但自1055年辽道宗即位后,辽朝逐渐衰落。辽国统治集团的核心是耶律氏和萧氏两族,掌握军国大事的不是宗室就是外戚,他们之间的矛盾和斗争与辽国相始终。道宗在位的四十六年中,自相残杀的事件和武装叛乱不断发生,国势已经岌岌可危。

1101年,辽道宗去世,皇孙天祚帝即位。昏庸的天祚帝重用奸臣萧奉先等人,使得朝政混乱、民不聊生。新兴的女真族趁势崛起,最后终结了辽和北宋的统治。

女真族完颜部是生活在辽朝版图中的部落。926年,契丹灭掉东北地区的少数民族政权渤海国后,把一部分女真人迁到辽阳以南,编入户籍,称为"熟女真"。其余留在长白山一带的部落则没有编入户籍，仍保留原有习俗制度，称为"生女真"，"生"指的是处于很落后的状态。后来生女真的完颜部逐渐壮大起来，辽朝封他们的第六代酋长乌古乃为生女真节度使。乌古乃出重价买铁来制造兵器，征服了一些部落。完颜部的武力和生产力比过去提高了不少，势力也逐渐增强了。

1114年，完颜阿骨打接任节度使。阿骨打是乌古乃之子劾里钵的次子，自小力气大于常人，善骑射，性格也稳重。他当上首领时，完颜部占有北自今松花江以北、南到今朝鲜咸镜北道的土地，仍保留部落组织，各部落联盟已经巩固，实行军政合一的制度。相传，他们的大元帅对百户长如同父子兄弟一般，上下之间联系紧密，沟通顺畅，人心齐，因此自然容易打胜仗。打了胜仗之后大家一起聚会饮酒，根据功劳高低发给奖赏。如果众人认为奖赏发得少，就再酌情增加。

女真族军队有一个突出的特点，那就是单兵作战能力很强。女真人生长于白山黑水之地，能够忍受饥渴劳苦，又善于骑马射箭。他们骑在马上，无论上山下山都跑得飞快，碰到江河也不下马，径直涉水过去。这样的本领拿到战场上样样都用得上，可以说是天生的精兵。

如此富有战斗力的女真人只要能够组织起来，就足以对抗辽朝的欺压。

阿骨打祭天起兵

然而，在辽朝统治者的心目中，女真不过是可以任意欺压的野蛮人部落。按照辽政府的规定，女真必须向其进贡金、珠、马匹、海东青等物品。海东青是一种猎鹰，产于日本海沿岸一带。天祚帝最爱打猎，每年都派人向女真勒索海东青，猎取海东青进贡也变成了完颜等部的负担。

除此之外，辽朝边境的将领也常向女真人勒索财物。他们自命来自"天朝上国"，进入女真境内后无恶不作，甚至还要妇女伴宿。一开始女真贵族还会在中小户人家中派几个妇女去应付一下，后来辽朝使节来得越来越多，架子也越来越大，仗着"上国声威"要自己挑选女子，甚至贵族家中有丈夫的女子也不能幸免。女真各部对辽朝的怨恨逐渐达到了顶峰。

1114年，阿骨打在打听过辽朝内部的情况，得知其皇帝骄纵惰政后，便开始建堡垒、备军械，准备起兵反抗辽朝。起兵时虽然只有两千五百人,但阿骨打豪迈地祭告天地说:"我们世世代代服从辽朝,进贡从来没有缺少过。可是辽人有功不赏,反而欺负压迫。现在起兵问罪,希望天地保佑!"祭告完毕,阿骨打又和众将领轮流拿一件兵器立誓:"大家必须同心尽力,立功之人原来是奴婢的释放为平民,原来是庶人的封给官职,已经有官职的根据功劳大小升官晋爵。如违此誓,身死兵刃之下,家属一律不得赦免!"

阿骨打带兵在十月攻克宁江州(今吉林扶余东石城子),一战大胜。辽天祚帝得到宁江州陷落的消息,便派枢密使萧奉先的弟弟大将萧嗣先带兵屯驻鸭子河(松花江的一段)北岸,以抵御女真。阿骨打率军星夜赶路,迅速到达鸭子河南岸,并乘辽军不备,悄悄渡河发动偷袭。两军在出河店(今黑龙江肇源西南茂兴古城)相遇。那天恰逢大风,尘埃蔽天,女真军乘风奋击,辽军溃败。

出河店一战,阿骨打缴获大批车马兵甲,士气大振。辽军损失惨重,统帅萧嗣先仅带领十七名将士逃出。萧奉先害怕弟弟会因此被降罪处死,便谎称兵败后士兵们戴罪逃亡,四处抢劫,如不赦免他们则必成祸患。昏庸的天祚帝并没有对萧嗣先予以严惩，只是罢了他的官。这种战死无功、逃跑无罪的做法大大打击了辽军作战的积极性。士兵都说，拼命打仗只会送命，得不到好处，逃走却可以保命，又不会受罚，于是军心溃散。金兵所到之处，辽兵一路望风而逃。

大金灭辽

阿骨打在出河店之战后连获胜利，又攻下了宾州（治所在今吉林农安东北）、咸州（治所在今辽宁开原东北）等广大地区。1115年正月元旦，阿骨打在众望所归之下建国，即皇帝位，定国号"大金"，取"金子不会变质腐坏"之意。金朝由此建立，阿骨打就是金太祖。他废除了原来的部落联盟长制度，确立皇权统治。

金朝崛起后成为辽的头号敌人和最大威胁。1115年九月，金兵攻下了黄龙府（治所在今吉林农安）。天祚帝得知消息，亲自率领十万大军伐金，对外号称七十万，想一举扑灭金军。

阿骨打当时的兵力只有两万人，众寡悬殊，处境相当危险。然而辽朝已到了日薄西山的境地，天祚帝荒淫无道，奸臣萧奉先等欺天瞒地，境内各族都在酝酿起义反抗。女真率先举起义旗并屡战屡胜，继之而起的起义军便更多了。天祚帝大举进兵金国的时候，辽的统治集团内部发生分裂，都监耶律章奴起兵造反，天祚帝掉转兵锋向西，想先解决叛乱。阿骨打本来打算采取守势，不料抓到辽军督饷人员，得知辽的主力已在两天前西撤，于是金军一鼓作气转而追击，赶到护步达冈时追上了辽军。阿骨打集中兵力猛攻辽的中军，等中军一败，辽全军便都惊慌溃退。此战金兵缴获了天祚帝的御辇与帝幄、兵器、军需、各种宝物以及大量牛马。

此后几年间，多地相继起兵反辽，辽朝能够用来抵御金的兵力更加不足。到了1123年，金国完全灭了辽朝。契丹贵族耶律大石见宗邦灭亡，索性率部远走西北，在今新疆和中亚建立起西辽，又将辽的国祚延续了九十余年，后被蒙古所灭。正是因为契丹历史上的这一页，西亚、东欧人往往把"契丹"作为"中国"的同义词。

2. 宋金海上之盟

宋江方腊揭竿而起

　　1085年宋神宗去世，其子赵煦即位为哲宗。哲宗于1100年病死，因为没有子嗣，他的弟弟赵佶（jí）于同年登基为帝，是为宋徽宗。徽宗有相当高的艺术修养，花鸟画、书法都极其出色，还创造了"铁画银钩"的瘦金体。但作为一个皇帝，徽宗却是很不合格的。

　　徽宗任用的蔡京、童贯、朱勔（miǎn）、王黼（fǔ）、李彦、梁师成六人，被当时百姓称作"六贼"。"六贼"中名列榜首的蔡京做过多年宰相，总劝皇帝应当好好享乐。童贯是个宦官，先是替徽宗搜刮书画和奇巧之物，后来更是混到西北监军，执掌兵权。朱勔在江南搜罗花木竹石，借此名义敲诈勒索、生事害人。其运花石的船队号为"花石纲"，东南一带的官吏军民提到"花石纲"人人都恨。其余三人中，王黼是宰相，李彦、梁师成是宦官，也都是搜刮和贪污的能手。徽宗又听信道士的胡说，自命"昊天上帝"的长子，自称"教主道君皇帝"，搞得整个朝廷乌烟瘴气。

朝廷对外献金乞和，对内压榨百姓，农民的日子困苦不堪，终于揭竿而起。宋江在北，方腊在南，纷纷竖起了起义大旗。据史料记载，宋江大概在政和末年起事，手下有头目三十六人，率军横行于今山东、河北、河南几省，官军数万竟没有人敢与之交锋。1121年，宋江在海州（今江苏连云港）遭遇伏击，船只被焚，失去退路后不得不投降，接受朝廷的招安。这次起义中的事迹为后世所乐道，成为小说《水浒传》的原型和素材。

东南地区是受"花石纲"盘剥的重灾区。1120年十月，方腊在睦州青溪（今浙江淳安）发动起义。东南各地好汉都率众响应，短短十几天起义军就有了几万人，声势浩大。方腊估计朝廷在短期内不可能调动重兵南下，只要攻下江南各地，便可划江自守。然而他没想到的是当时朝廷因为想要联金灭辽，已经集结起了军队。因此东南前线的警报一到，童贯便出兵南下，在1121年三月间到达江南。童贯深知吴中人民最恨"花石纲"，于是便宣布取消"花石纲"，以此争取人心，削弱方腊在政治上的优势。童贯带的部队有不少是战斗力很强的西北边防军，刚刚武装起来的农民自然不是他们的对手。起义军没等达到划江自守的战略目标，便因实力悬殊，失去了先前所占的地盘。四月，方腊本人也在青溪战败被俘，同年秋天就义于汴京。

宋江、方腊的起义尽管都失败了，但更大的起义风暴正在酝酿之中，河北、河南、山东等地到处都有义军活动。如果不是这时女真贵族发动了侵宋战争，北宋王朝的命运也许会是另一种走向。

不合格的盟友

北宋朝廷平定了农民起义之后，自以为心腹大患已除，却没有注意到北方一个更强大的劲敌正在迅速崛起。女真首领阿骨打起兵后势如猛虎，辽朝感受到巨大的威胁，内忧外患之下形势一团糟。宋徽宗由此错判了形势，一心以为辽朝将亡，可以趁此机会收复燕云十六州，完成祖宗未竟之伟业。1118年，他派使臣渡过渤海到金国谈判，商讨联合灭辽。两年后，宋金签订"海上之盟"，约定金军负责攻取辽中京大定府（在今内蒙古巴林左旗），宋军则同时攻取辽南京析津府，也就是燕京（今北京）。待灭辽后，宋朝将原来给辽的岁币如数改赠给金。但若宋军不能按时出兵，则燕云之地不能归宋所有。

盟约订立后，金兵对辽展开了新一轮攻势，而宋军因为要镇压方腊起义而未能如约按时出兵。1122年，金兵接连攻下辽的中京（今内蒙古宁城）、西京（今山西大同），辽天祚帝逃奔山中，燕王耶律淳称帝。徽宗眼见辽处于灭亡前夜，命童贯统领十万大军向燕京进发。童贯以为辽人弹指可灭，谁知一到边境就遭到辽兵的痛击，只好赶紧退兵。

不久耶津淳病死，宋军趁辽朝内政混乱，再次发兵二十万攻打燕云地区。涿州知州郭药师带兵投降宋军，替宋朝打开了进兵燕京的道路。宋军与辽兵隔卢沟河（今永定河）对峙，郭药师渡河夜袭燕京，宋军主将刘延庆却不派人接应，郭药师孤立无援，只得退兵。刘延庆隔岸望见火光，以为是辽兵要打过来了，于是直接放弃辎重，烧营逃走。童贯担心兵败无法交差，只好求助于阿骨打，请金兵帮忙攻打燕京。同年十二月，金太祖阿骨打带领金兵占领了燕京。

战后，金国只肯归还大宋燕京及其所属六州，另外还要宋朝每年缴一百万贯作为燕京六州的代税钱，徽宗一心急于收复燕京，不顾条件苛刻便答应下来。然而等宋军去接收这六州时，却发现金兵早把城中财物搬取一空，居民也大多被强迫迁走，只留下了几座空城。

宋金海上之盟是宋、辽、金三国关系史上一个重要的转折点。北宋借金军之手除掉了辽朝这个强敌，但同时也失去了一道屏障。最终金兵南下，酿成了北宋灭亡的靖康之变。

金兵第一次南下

金太祖阿骨打在打完燕京领兵回师的路上因病去世了，继位的是他的弟弟完颜吴乞买，也就是金太宗。他见宋军战力薄弱，又见辽之前因为获得燕云之地而强大，从此起了南下之心。

1125年十月，在金太宗的命令下，金兵分为两路：完颜宗翰（女真名粘罕）从西京攻太原，完颜宗望（女真名斡离不）从平州（今河北卢龙）攻燕山府。宗望军势如破竹，郭药师叛变，金军因此不战而得到燕山府，随即南下，把宋朝的中山府（今河北定州）丢在后面，兵锋直指黄河。十二月，徽宗得知金兵已经越过中山府、仅需十天就可以抵达京师，当场吓得昏厥过去。他醒来后匆匆下了一道罪己诏，传位给儿子赵桓，也就是宋钦宗。

钦宗即位后改元"靖康"。他派兵把守黄河，但宋兵向来缺乏训练，骑上马怕跌下来，两只手抓住马鞍不放，根本没法打仗。1126年正月，金兵到达黄河北岸，守兵把浮桥烧掉后便溃散了，黄河天险竟没有一人防守。这时宋钦宗和宰相白时中等人商量如何逃走，主战的兵部侍郎李纲正在和他们辩论，要求坚守京城。就在宋朝君臣议论未定之际，金兵找到几条小船，只花几天工夫便零零散散地渡过了黄河。

正月初五李纲上朝，看见禁兵列队披甲，宫人已在准备上车，钦宗出发在即。他极力进谏，直言："敌人知道皇帝走得不久，用快马来追如何抵挡？"钦宗知道逃走已经来不及了，这才同意守城，命李纲担任亲征行营使，指挥守城。

3. 靖康之耻

汴京防御战

正月初七，李纲布置城防刚有头绪，金军就已经到达汴京城下。然而攻城战一开始，金军便暴露出了弱点。汴京城周围四十多里，城墙高数十丈，易守难攻。金军骑兵虽长于野战，却不擅攻城。他们原计划西路军攻下太原后，从晋南进兵，渡黄河取洛阳，隔断宋西北边防军向汴京增援的路线，并与东路军会师合攻汴京。如今西路军行动迟缓，仍在太原城下，东路军孤军深入，后方的河北各城又都在宋军手中，处境很危险。尽管金军战斗力远在宋军之上，但宋朝的西北边防军也是训练有素的，老将种师道和姚平仲等正日夜兼程前进，并且沿途散发榜文，声称率领百万大军前来，声势不小。连同各地援军，宋军实际兵力逐渐增加到二十多万人，比金军的六万人多了几倍，金军兵力的优势正在日益丧失。

如此形势之下，金军便更难攻破汴京城了，深入宋朝腹地的金军不要说取胜，即使想要全身而退也很不容易。可惜钦宗和大臣们畏敌如虎，一面叫李纲守城，一面又派人到金营求和。金人开出条件，要求宋朝纳黄金五百万两、银五千万两、绸缎一百万匹，再割太原、中山、河间三镇。纳币数额之大骇人听闻，宋朝根本没有办法凑齐，钦宗却答应了，并且在京城里搜刮民间金银，弄到黄金二十万两、白银四百万两后立即送往金营。

此外，钦宗还革了守将李纲的职，又解除了种师道的兵权，以示求和的诚意。这引起了汴京军民的不满，城里掀起了一场轰轰烈烈的反投降运动。太学生陈东等诸生来到宣德门外上书，要求恢复李纲、种师道的官职，坚决抵抗金军，罢免误国的宰相李邦彦等人。宣德门外抗议的人群很快多达数万，钦宗只得宣布恢复李纲、种师道的职务。

李纲复职后马上下令杀敌者受重赏，继续进行汴京防御战。金兵看情形不妙，不敢逗留，不等宋朝把金银凑足，拿了割让三镇的诏书后便匆匆撤走了。

宁信无赖不信将帅

金兵退去后，钦宗立刻着手巩固自己的统治地位。他把蔡京、童贯、王黼等人贬逐、杀死，以防徽宗复辟。又以年老为借口解除了种师道的兵权，以援救河北、河东为名把李纲放逐出京，还下令若再有士人以上书为名作乱的，照军法处斩。

就在这时，金军两路主力于当年八月再次南下。先是宗翰军攻破太原，随后宗望军又打下了拒绝投降的重镇真定（今河北正定）。两路金军长驱南下，很快兵临汴京城下，京师第二次被围。这一次金军两路会师，宋军虽然还有几万守兵，但事前毫无准备，面临的形势比上一次围城严峻得多。钦宗派出了一批批求和使者，甚至把自己的弟弟康王赵构也派了出去。为表求和诚意，他还命令各地军队不得"妄动"，由此断绝了勤王的兵源。

这时，有位叫作郭京的无赖夸口说自己会使"六甲法"，能用"神兵"退敌，可生擒金军两个元帅。朝廷病急乱投医，竟听信郭京的话，给了他大量钱财，供他招募士兵。郭京不问士兵有没有武艺，只问生辰八字，十来天工夫便招足了预定七千七百七十九人的数目。他谈笑自若，说要选个好日子才能出兵，保证一战就把金兵赶到阴山。

东京的处境是险恶的，好在守城大将刘延庆既有军事经验，布置守城工作也有条理。钦宗见形势危急，也曾亲自到城上慰劳士卒，士卒感动之下都愿意出力打仗。南道都总管张叔夜不顾禁令，领兵勤王，这时也到达了京师。金军数次攻城都被打退，宋军小部队还几次用绳索缒城出战，得手之后再缘绳上城。金军建造了比城墙还高的"望楼"，用装了巨大轮子的云梯等大量器械攻城，宋军则或用火烧，或用钩竿抵住，或用弓弩和发石机射击，全力不让敌人逼近。出城反击的宋军虽然也经历过失败，伤亡很重，但总的看来，汴京至少还可以坚守待援。

谁知"神兵"却在这个节骨眼上出场，断送了汴京城。闰十一月大雪纷飞的时候，郭京命守城兵士下城，不准偷看，然后大开宣化门，令"神兵"出战。金兵见宋兵进攻，高声喊杀，像一阵暴风般向宋兵席卷过去。"神兵"哪见过这般阵势，转身就逃，混乱之中死伤大半。郭京谎称要下城作法，却趁机溜走。金兵乘此机会架起云梯登上城头，攻破了城池。

靖康之变

东京失守了！城中军民情绪激昂。卫士们冲进馆驿，杀死金朝的使臣刘晏。几万军民用大斧劈开皇宫的边门，求见钦宗，要求继续抵抗。卫士长蒋宣带了几百名卫士，表示愿意保护皇帝突围。但是皇帝和大臣既没有勇气，又怀疑蒋宣这些人别有用心，不肯接受。

金兵见全城军民决战意志坚定，不敢乘势占领汴京全城，宣称讲和就退兵。钦宗不得不亲自到金军在青城的营地讲和。第一次去讲和时，金军向宋朝索取黄金一千万锭、白银二千万锭、帛一千万匹。钦宗答应后，便在城里搜刮金银，将掳来的七千多匹骡马全部交给了金军。朝廷还派了二十多名使者到河北、河东各地，向各地方官下达投降的诏书。

钦宗和大臣还在幻想金军在要求得到满足后会允许他们苟安下去，却不知金人已经决定废掉赵家的帝位了。1127年正月，钦宗第二次去讲和，请求宽限缴纳金银的时间，却被拘禁起来，再也没能回宫。金军宣布把徽、钦二帝废为庶人，另立一个伪政权大楚，选定宋朝宰相、主和派的代表人物张邦昌做了"大楚皇帝"。

金军在短期内占领了太多地方，来不及巩固，并不想久留黄河以南。同时宋朝河北、河东还有许多城池不肯投降，因此金军从三月二十七日开始撤退，直到四月一日完全离开汴京。金军撤退时带走的除了徽、钦二帝，还有宗室、妃嫔数千人、若干官员和太学生以及宫女、工匠等。汴京城中的珍宝玩物、皇家藏书等公私蓄积也被一扫而空。这一年是靖康二年，历史上将此事变称为"靖康之变"，成为北宋灭亡的标志。

靖康之变中徽宗、钦宗被掳

4. 君臣南渡

一路逃跑的宋高宗

金军一走,伪皇帝张邦昌马上自己下台,请哲宗的废后孟氏临朝。孟氏因被废多年,册上无名,因此没有被金人掳走,成为当时汴京城里唯一的皇族。她就是元祐太后。太后发表文告,命康王赵构继承帝位。五月初一,康王在南京(今河南商丘)即位,改元"建炎"。高宗即位后,不以恢复失地为国策,只是一味降低讲和的条件,一心希望与金朝划黄河为界。他步步向南退却,最终建都临安(今浙江杭州),由此开启了南宋的历史。

即位后,高宗起用李纲做宰相,算是做了一件能够装点门面的好事。李纲到了当时高宗所在的南京,推荐老将宗泽留守汴京,掌管全城军政大权,劝高宗下诏坚守两河,派张所到河北招募民兵。李纲坚决主张抗金、反对投降,因此招致消极抗金的高宗不满。高宗重用自己的心腹黄潜善、汪伯彦以牵制李纲的职权,阻碍他的抗金部署。李纲只做了七十五天宰相便被罢官,其他各种积极措施也被取消。此时，之前在汴京请愿的太学生陈东到达南京，他再次拍案而起，和进士欧阳澈联名上书，请求挽留李纲、出兵北伐。高宗看了他们的奏疏勃然大怒，竟将二人斩首于东市。

高宗担心自己像父兄那样被金军掳走，非但不想恢复两河，连中原都准备放弃，于十月逃往扬州。留守汴京的宗泽努力经营，团结义军，把劫后的都城变成了坚强的堡垒。高宗南迁扬州后，宗泽不断上书，劝他还都汴京。只可惜第二年七月这位七十老翁忧愤而死，继任的杜充不能团结义军首领，几十万义军陆续散去，汴京再次变成一座危城，起不到阻止金军南下的作用。

1129年二月，高宗又听到金军逼近扬州的消息，只带五六个随从匆忙出逃，而此举不过是南宋朝廷大逃亡的开头。高宗到建康（今江苏南京）后写信给完颜宗翰，表示大宋愿意做金朝的属国。可金朝连这样的条件都不接受，派完颜宗弼（女真名兀术）任元帅，发兵进攻江南。高宗见状，逃往越州（今浙江绍兴）。十二月临安失守，高宗继续逃跑，到明州（今浙江宁波）上了海船，才没有落到宗弼的手里。

这是高宗求降而不得的时期。金军纵横江南，如入无人之境，明州、越州、平江（苏州）、建康等城市都被烧成废墟。但是金军很快就受到了打击。1130年三月，完颜宗弼带着掳掠所得收兵北还，在镇江遭到了韩世忠水军的截击，几乎葬身长江。五月，名将岳飞袭击金军后队，收复建康，宗弼从此对长江深具戒心。高宗终于再次踏上浙东的土地，先到越州，最后回到了临安。

第一次绍兴和议

解决了江南的安全后，宋高宗本可以借着反金战争中的胜利恢复失地，但他非但没有这样做，反而和秦桧联手上演了绍兴和议。

当时的金朝想要完全征服南方，实力显然不够。北方抗金义军此起彼伏，金军稳定后方要花很大的气力。所以部分女真贵族希望与宋朝讲和，还主张在河南建立一个由汉人出面的傀儡政权，希望借此缓和汉人的反抗。于是金朝立原宋朝济南知府刘豫做伪齐帝，统治河南、陕西，接着又把之前掳去金朝的秦桧放回南宋——这其实是一套戏法的两个步骤。

秦桧曾在靖康年间任御史中丞，反对张邦昌做皇帝，

南宋初期奸臣秦桧当道

很有点忠良的样子。金军把秦桧全家带到北方后，他马上摇身一变，成了金朝大帅完颜昌（女真名挞懒）的亲信。秦桧回到南宋后，便成了朝廷的主和派。他对高宗说："如果想要天下无事，就必须南是南、北是北，各自分治。"这寥寥数语正合高宗心意，也知道金朝终于准许他做偏安江左的儿皇帝了。高宗说："朕得了此人（指秦桧），高兴得连觉也不想睡了。"还提拔秦桧做了宰相，但朝中反对议和的声浪太高，一年后高宗也只好暂时把秦桧免职。此后伪齐多次攻宋，宋金议和的事便搁置下来。

刘豫攻宋屡次失败，1137年完颜昌废了这位伪齐"皇帝"，向宋朝使臣王伦表示，说愿意归还宋徽宗的棺木，释放高宗的生母韦太后，交还河南各州。至此，和议的时机成熟了。第二年，秦桧第二次出任宰相。到了年底，金朝使者到达临安，和议已成定局。宋高宗原本准备亲自见金使，无奈军民反对和议的情绪都很高，他便派秦桧到金使行馆跪受金国的诏书，议定和议。南宋这才没有出现皇帝向金使屈膝的场面。1139年元旦，宋朝正式宣布和议成立。宋对金称臣，每年贡银二十五万两、绢二十五万匹。金允诺归还河南、陕西土地，送回徽宗的棺木和高宗生母韦太后。至于当时还活着的钦宗，高宗压根儿没想过要让他回来，他只能留在五国城（今黑龙江依兰），至死未能南归。

然而这份高宗期盼已久的和议订立没多久，金朝就发生了政变，完颜昌被杀，都元帅完颜宗弼掌握国政。他一上台便撕毁和议，于1140年五月发兵攻宋，很快就夺回了河南、陕西。

精忠报国的岳飞

金军肆虐南侵之时，除了一心消极抗金的高宗，朝中大臣里也不乏主和的声音。幸赖有岳飞这样坚定抗金的主战派将领，才抵挡住了金军的兵锋，使南宋没有失掉更多的疆土。岳飞是相州汤阴（今属河南）人，出身农家，自小练就一身武艺。1127年，还只是个小军官的岳飞向即位不久的高宗上书，反对黄潜善、汪伯彦不图进取的政策，结果被革了职。幸好河北宣抚使张所爱才，收留了他。两年后，岳飞跟随杜充撤往建康。那年冬天建康失守，杜充先逃后降，岳飞则率领本部人马收容散兵，于第二年春移屯宜兴，从此带领部队自成一军，号称"岳家军",很快就从几千人发展到了数万人。

岳飞长期坐镇鄂州(今湖北武汉),担任制置使、招讨使、宣抚使等职务。他战功卓著,先是在1130年收复建康,后又于1134年击败伪齐大将李成,收复襄汉六郡。高宗有一段时间很赏识岳飞,还赐了一面绣有"精忠岳飞"四字的锦旗给他。但他要的是岳飞服服帖帖地为自己卖命,而不是时常提出一些自己不爱听的意见。岳飞收复襄汉六郡之后便上书要求出兵二十万直捣中原,恢复故疆。这显然不是高宗希望听到的话——抵抗伪齐是可以的,但直捣中原高宗却是绝对不敢的。

1138年至1139年,高宗一心议和。岳飞上书指责宰相秦桧误国,又当面向高宗请求领兵收复东、西、南三京和北宋各帝的陵寝。和议成功之后,岳飞仍上书要复仇报国,主张收复失地,坚持要打败金国,让金对宋称臣。后来完颜宗弼破坏和议,高宗也不觉得可怕,认为他不过是不肯归还河南、陕西,所以只许诸将抵抗,不许反攻。因此,当大将刘锜在顺昌府(今安徽阜阳)以少胜多,大败金兵,逼得完颜宗弼退守开封时,高宗只要求岳飞支持顺昌府的防务,不准反攻河南。岳飞却不听圣令,执意北伐。岳飞先后收复了淮宁府(今河南淮阳)、

令金兵闻风丧胆的岳飞与岳家军

颍昌府（今河南许昌）、郑州、洛阳等地，成绩显著。完颜宗弼亲率主力从开封反扑郾城，结果一万五千多精锐骑兵伤亡惨重，狼狈溃退。之后的颍昌之战，金军几乎派出了在河南可用的全部兵力，却再次惨败。岳飞率领的宋军则杀敌五千多人，生擒两千多人，还杀死了不少金军将领。

高宗闻讯不仅不高兴，还怕有如此胜绩的大将有震主之威，于一天内连下十二道金牌下令岳飞撤兵。岳飞只能放弃收复的州县，退兵而去，之后还被解除了兵权。1141年，岳飞遭到秦桧的党羽万俟卨（Mòqí Xiè）弹劾，称其"阻挠国事"，被召回临安，受审下狱。万俟卨用毒刑逼岳飞认罪不成，便罗织罪状，诬告岳氏父子有谋反之意。老将韩世忠曾当面质问秦桧岳飞到底有什么罪，而秦桧竟只答了"莫须有"三个字，意思是"也许有"。韩世忠怒斥道："'莫须有'三字何以服天下！"

十一月，宋金再次签订和议，宋向金割地纳贡称臣。仅仅一个月后，高宗就下旨，以谋反罪处死了岳父和岳云父子。岳飞曾作有一首《满江红》，其中写道："靖康耻，犹未雪。臣子恨，何时灭？"可惜他最终壮志未酬，南宋最终没逃过山河破碎的结局。

采石大捷

1142年八月，金朝依约送还了徽宗的棺木和韦太后。高宗、秦桧君臣以为绍兴和议后，"中兴"已经成功，尽可以粉饰太平。1155年，秦桧病死，有些天真的人以为政策会有变化。高宗特地下诏，申明政策不变，禁止"妄议边事"。但金朝的新皇帝、阿骨打之孙完颜亮却不是这样想的，他正在积极准备侵宋。完颜亮本是专权跋扈的金国宗室，他于1149年杀死金熙宗，篡位称帝，对内加强统治，意图一统天下。1161年八月，野心勃勃的完颜亮率军大举南下，如入无人之境，直逼长江沿岸，很快将长江下游的北岸收入囊中。十一月初，完颜亮在和州（今安徽和县）造船，准备在采石（在今安徽马鞍山）渡江，南下攻宋。

这时，完颜亮的后方却出了大问题。他的堂弟东京留守完颜雍趁机夺权，宣布即位，也就是金世宗。完颜亮在前线得到消息后，不顾后方不利的局面，仍决定继续进兵吞并江南。宋朝君臣不知北方的变局，高宗甚至准备坐海船逃难，被朝臣拦下之后才决定抵御金军。

已经年过半百的文官虞允文奉命前往采石犒军，当时新任命的部队主将李显忠还没到任。面对士气低落、军心散漫的前线将士，虞允文慷慨陈词："若金军成功渡江，我们必定无处可逃。我军有长江天险作凭借，难道不能死里求生吗？朝廷养兵千日，现在正是用兵之时，诸位何不与敌血战以报效国家？"他又指出形势危急，不宜坐等，自己愿意在李显忠到任之前主持一切，率将士们共同与金军决一死战。虞允文的一番话大大振奋了军心，将士们摩拳擦掌、斗志昂扬，积极准备迎击来犯的金兵。

十一月初八，完颜亮指挥战船从杨林河口进入长江。虞允文的作战计划是在江中阻击敌人。宋军在这场战斗中使用了一种叫"霹雳炮"的新式武器，点着后升到空中，落下时炸开烟雾四散，既能杀伤敌军人马，也能令其眼睛看不清东西。宋军的船只趁乱冲进金军的船队，拦截和阻击敌船。金军士兵不习惯乘船，每艘船上能够张弓放箭的只剩十几个人，不少金兵战死于江中，登岸的金兵也全部被歼灭。第二天，金军准备再次强行渡江。虞允文指挥船队前后夹击，又派人放火烧掉了残余的金军船只，金军溃败。

采石之战粉碎了完颜亮吞并江南的企图，扭转了宋金战局。完颜亮移兵瓜洲，欲在此渡江，夺取镇江。金军怕重蹈覆辙，都不愿再战。完颜亮却一意孤行，下令克期渡江，退后者立即斩首。十一月二十七日，金军发动兵变，将士们杀死完颜亮，与宋军讲和后退兵而去。

宋朝本可以抓住这个机会进军中原，但高宗只求保持现状，白白坐失大好机会。金兵南侵对高宗的苟安求和政策是一记响亮的耳光，于是他第二年宣布禅位给皇太子赵昚（shèn），也就是宋孝宗。孝宗倒是有心要恢复中原，然而最好的时机已经失去了。

读史点评

靖康之变后,高宗的朝廷一路从南京迁到扬州,再迁到杭州,之后他逃到越州,又一度逃上海船,在温州、台州一带海面上漂流,直到1132年才终于定都杭州。南宋朝廷的对金政策以求和为主流,不得已而战,不管战况如何,最后都倾向于求和,先后两次订立称臣割地的和约。

之所以出现如此局面,是因为:第一,过高估计金军的力量,认为他们永远无敌;第二,认为抗金义军是"群盗",是心腹之患;第三,认为向朝廷坚决要求抗金的人士是在"要挟"朝廷,应该镇压;第四,怀疑有胆略有作为的大臣有野心,不可信任;最后,高宗既然做了皇帝,便不希望徽钦二宗回来,更不希望别的宗室出来争帝位,尤其怕出现不姓赵的竞争者。于是抗金成了次要的事情,保持皇帝的位子才是头等重要的事情。这也是高宗之后许多倒行逆施的根源。

思考题

　　1120年,辽国已处于灭亡的前夜,燕云各州百姓又心向宋朝,此时宋与金结盟,谋求收复燕云各州,也算是一个好时机。但后来局势的发展却同徽宗的预期大不相同,这是为什么?谈谈你的看法。

第四章

偏安一隅的南宋

1. 如同儿戏的北伐

韩侂（tuō）胄弄权

　　宋孝宗继位后，平反高宗时的岳飞冤案，采取了一系列勤政举措，百姓生活安定，是南宋较为兴盛的时期，史称"乾淳之治"。1189年，孝宗禅位给太子赵惇（dūn），也就是光宗。光宗继位不到三年就得了精神病，一直怀疑太上皇对自己有加害之心。1194年，孝宗病逝，光宗拒不执丧，甚至起居服用如常。一时之间外界谣言四起，政局难以支撑。宗室赵汝愚和外戚韩侂胄等人在太皇太后吴氏的支持下，策划了一场内禅的戏码，声称光宗曾有御笔，打算退闲，由嘉王赵扩即皇帝位。

　　赵扩在光宗缺席的情况下即位做了皇帝，也就是宁宗。赵汝愚升任右相，他认为"外戚不可言功"，反对身为皇后叔父的韩侂胄谋取节度使之位。最终韩侂胄只获封宜州观察使，但他还兼任负责传达皇帝密命的枢密都承旨一职，利用职务之便和宁宗韩皇后叔父的身份，可以用皇帝开的"内批"条子办事而不必经过宰相。韩侂胄对赵汝愚一直怀恨在心，便联合党羽及其他朝臣诬陷和弹劾赵汝愚，甚至造谣赵汝愚要拥立光宗复辟。赵汝愚被宁宗罢相，最终死在放逐的路上。

韩侂胄清除障碍后，几年间不断加官晋爵，实权已在宰相之上。然而没过多久，他在宫中的靠山韩皇后就死了。权臣地位受到威胁的韩侂胄为自己的前途感到担忧，他断定只有建立伟业才能巩固地位，而此时想要建功立业，只有恢复中原这一件事可做。

1203年，韩侂胄派自己的亲信邓友龙出使金国，去打探虚实。有人买通馆驿守门人，半夜求见邓友龙说："金国现已衰弱，民不聊生，北方又为蒙古所困。王师如能北伐，势同摧枯拉朽，极易成功。"邓友龙将这些话回报给韩侂胄。韩侂胄执政已有八九年，对于本国的实力能否打胜仗却还是糊涂不清。为达一己之私欲，他竟只凭这一席话就决心对金开战，把国事当作儿戏！

权臣与昏君

韩侂胄为制造舆论、收买人心，便起用主战派辛弃疾等人。辛弃疾一心以恢复中原为志，他知道现有军队战斗力不强，主张在沿边各地招募士兵，组织新的部队。骄傲自大、轻敌冒进的韩侂胄见辛弃疾不能对自己言听计从，很快就把他赶下台，而重用善于溜须拍马的苏师旦等人。

1204年，韩侂胄建议宁宗立韩世忠庙于镇江，追封岳飞为鄂王。1205年，宋宁宗改元开禧，韩侂胄加升平章军国事，相当于宰相，掌握了军政大权。1206年四月，他建议宁宗削去秦桧的王爵，把谥号改为"缪丑"。同月，宋军分为东、中、西三路对金用兵，东路军率先收复泗州（今江苏盱眙北）等地。捷报传来，宁宗于五月下诏宣布北伐金国，史称"开禧北伐"。

战争开始没多久，宋军就连吃败仗。东路军在宿州溃败，中路军接连失利，西路军被金军压得难有建树。韩侂胄收到一堆战败报告，只得把亲信苏师旦当作替死鬼贬去岭南，又把出卖战友的东路军大将郭倬（zhuō）斩首。十二月，金军攻陷两淮地区，一直打到长江沿岸。

第二年年初，西路军主帅吴曦投金叛宋，形势对南宋来说更加岌岌可危。韩侂胄终知"盖世奇功"并非唾手可得，有意议和，金军却提出割地、增岁币、交出开战首谋韩侂胄等要求。韩侂胄大为生气，议和中断。一时间，朝中人心动荡不安。

宁宗杨皇后本就与韩侂胄不和，趁机联合礼部侍郎史弥远在1207年十一月发动政变，将韩侂胄诛杀。1208年，韩侂胄的首级被送去金朝，宋金继续和谈，并达成和议。这一年是嘉定元年，史称"嘉定和议"。金宋两国的关系从叔侄变成了伯侄，金国的"辈分"更高了。南宋每年给金的岁币增加到三十万，另外再加上一次性犒军费三百万两，南宋就这样继续用岁币交换暂时的和平。

韩侂胄死后，南宋政局被权臣把持的局面并没有结束。史弥远就此升任右相，在宁宗朝做了十七年的权相。1224年宁宗死后，史弥远拥立宁宗的侄子赵昀（yún）即位，也就是宋理宗。理宗在位的前十年不问政务，国事都由史弥远处置。史弥远死后理宗才开始亲政，改元端平。

理宗在位时间长达四十一年，是南宋在位时间最长的皇帝。亲政之初，他立志实现中兴，采取了澄清吏治、整顿财政等一系列改革措施,史称"端平更化"。但他亲政后的第二年,蒙古便开始全面侵宋,开始了持续四十多年的宋蒙战争。晚年的理宗沉迷声色,朝政落入奸臣贾似道之手,南宋的国势进一步衰落。

2. 两座英雄城

蒙古来犯

金朝在上百年的时间里耀武扬威、不可一世。可是正如辽国当初没有意识到阿骨打的崛起一样,金朝也没有意识到另一位枭雄——蒙古大汗铁木真的崛起。1211到1214年间,蒙古人屡次攻打金朝。两河山东数千里之地饱受战争之苦。

金朝无力抵挡凶悍的蒙古骑兵,金宣宗放弃都城燕京,南渡迁都开封。山东、河北等地的百姓趁势揭竿起义,其中李全领导的红袄军势力很大,并且主动联系南宋,表示愿意归顺。面对这样的不利形势,金朝的执政者没有采纳联宋抗蒙的正确建议,反而认为既然蒙古人抢了自己的土地，自己不妨通过战争从南宋获得更多的土地和岁币。于是金朝在1217年再次出兵攻打南宋，宋金联合的可能性也就此被金朝断送。

另一边，蒙古在1218年就曾向南宋提议联手攻金，只是双方并未付诸实际行动。1224年金兵南侵失败，宋金休战。随着金朝对蒙古战争的失利，为了尽快消灭金国，1232年十二月，蒙古再次派人出使南宋，提议联合灭金，事成之后南宋可以取得河南的土地。尽管此前有过联金灭辽之后引狼入室的教训，但面对金国必亡的局面，无奈的南宋朝廷还是接受了与蒙古的盟约。这时金哀宗已经逃往蔡州（今河南汝南），南宋大将孟珙率军北上，与蒙古军队协同作战。1234年正月，联军攻陷蔡州，金哀宗自杀，金末帝死于乱军之手，金朝就此覆灭。

关于河南的明确归属，宋蒙双方之前并没有详细约定。金朝灭亡后，宋朝占据了河南南部的几个州县。当时蒙古忙于西征，主力北撤，河南空虚。宋理宗等人未能正确预估双方实力的差距，就决定出兵收复三京。自六月中旬至八月初，宋军入驻南京归德府（今河南商丘）、东京汴京、西京洛阳，史称"端平入洛"。蒙古军自然不会就此放弃河南之地，他们挖开黄河南岸的河堤，导致河水泛滥,宋军行军困难,粮草不能及时供应。蒙古军又在洛阳设伏,大败宋军。最终宋军因为缺粮,只能退师三京。

宋军的这次行动给蒙古提供了对宋用兵的借口。第二年,蒙古便兵分三路大举进犯南宋。南宋大将曹友闻、孟珙和杜杲等人率军阻挡蒙古军的攻势,并收复了不少被攻占的失地。宋军虽然损失很大,但仍在蒙古铁骑的攻势下稳住了阵脚。之后,宋蒙之间的战争持续了好几年,各有胜负。

1241年蒙古大汗窝阔台病死,王公们忙着回北地争夺汗位,无暇南顾。直到1251年窝阔台的侄子蒙哥即位后,蒙古大军才继续向西南进逼,将吐蕃、大理收入麾下。南宋的理宗当时认为天下太平,只顾宴饮享乐,将国家大事都交给奸臣贾似道管理。而贾似道只顾着和亲信们大肆贪污腐化,对战事绝口不提,将理宗完全蒙在鼓里。

坚守钓鱼城

蒙宋之间的攻防战中,两淮、荆湖、四川是三个主要战区，其中，物产丰富、战略位置重要的四川承受了来自蒙古的巨大压力。1257年，大汗蒙哥兵分三路进攻南宋。他亲率主力攻打四川，命弟弟忽必烈攻打鄂州，另外一路大将兀良合台从云南进入广西，经湖南北上到鄂州会师，志在一举灭宋。蒙古军势如破竹，连下数道关卡，兵锋直指钓鱼城。

钓鱼城建在合州（今重庆合川）的钓鱼山上，是南宋四川安抚制置使余玠（jiè）筑的一座山城。1242年，余玠来到合州，担当守卫四川的重任。他采纳贤士冉琎（jìn）、冉璞兄弟的建议，筑起十多座山城，构成一片抵御蒙古军铁骑冲突的阵地，钓鱼城就是其中最有名的一座。余玠还积极垦田屯粮备战，每当蒙古军来侵，便实行"坚壁清野"的战术，将周边居民纳入城中，依据山险对抗蒙古军。他成功稳定了四川的局势，还于1252年击退进攻嘉定（今四川乐山）的蒙古军，不料却有流言蜚语说他独断专权，无视君臣之礼。理宗于是在1253年下诏召他回临安，余玠愤懑成疾，没来得及上路便突然去世了。他曾经的部下王坚在第二年继任合州知州，也数度打退蒙古军的进攻。

蒙哥出兵四川时，希望不战而拿下合州，于是先派宋军降将晋国宝前去劝降。王坚大怒，不仅严词拒绝招降，还把晋国宝绑到阅武场斩首示众。此举激怒了蒙哥，他亲率十万大军于1259年二月将钓鱼城团团围住，发起了猛攻。

钓鱼城形势十分危急，王坚手下的兵力只有两万左右，剩下的便是十余万老百姓。然而，面对蒙古铁骑的攻势，钓鱼城军民在王坚和副将张珏（jué）的带领下毫不怯懦，凭借险要的山城地形，展开了英勇的反击。蒙古军多次进攻而不成，反倒落了下风。攻防战持续了两个月，蒙宋双方都已疲惫不堪。四月，合州突然连降暴雨，阻断了蒙古军的进攻步伐，给了宋军喘息时间。

钓鱼城在得不到外援的条件下坚持战斗，就这样从春天持续到了夏天。此时，天气酷热，蒙古军中疫病流行，士气低落，战斗力大大降低。王坚抓住敌方疲弱的机会，不时在夜里率勇士出城，夜袭蒙哥大营，打得敌方措手不及。七月，天气更加酷暑难耐，蒙哥见状觉得不能再拖，亲自率军攻至城下。然而守城的王坚早有准备，击退了蒙古军。气愤交加的蒙哥继续指挥攻城，却于七月中旬在城下身亡，死因成谜。大汗的死给了蒙古国巨大的打击，蒙古军只得草草撤军，撤围而去，合州防御至此以胜利告终。南下途中的忽必烈得到蒙哥的死讯后，急着回师争夺汗位，蒙古灭宋的计划就这样草草结束。

在危如累卵的南宋，王坚领导的钓鱼城防御战无疑是激励人心的，它粉碎了蒙古军的攻势，也使南宋的寿命得以延续。然而，立下大功的王坚非但没有得到奖赏，反而受到权臣贾似道的猜忌，被调离四川，抑郁而亡。副将张珏在1263年接任合州知州，继续坚守合州。1271忽必烈建立元朝，之后再次出兵南宋。1275年，元军东下，临安危急。此时蜀中诸将纷纷投降，张珏却一如往昔，坚持抵抗。1278年，元将不花进攻重庆，张珏苦战两天，最终因为部将赵安叛变而城门失守。张珏兵败被俘后并未屈服，自杀殉国，忠烈千秋。

襄樊保卫战

1260年，忽必烈继承蒙古汗位，巩固统治之后继续推进消灭南宋的计划。南宋叛将刘整向他献计说："攻下襄阳，沿汉水南下入长江，顺流而下，必可灭宋。"襄阳位于汉水南岸，与北岸的樊城隔河相对，为兵家必争之地。两地一旦失守，蒙古军的确可以顺流而下威胁南宋的都城。忽必烈接受了刘整的建议，于1267年出兵攻打襄、樊两城，由阿术指挥蒙古军，刘整和阿里海牙指挥汉军。

南宋朝廷任命名将吕文焕做知襄阳府兼京西制置副使，开始了历时五六年之久的襄樊保卫战。吕文焕储备了大量兵械、粮草，防守的准备工作做得很周到。他下令在襄樊两城之间的汉水中打下许多巨大的木桩，用铁索锁住，上面修造浮桥，使两城之间可以互相救援呼应。另一边，阿术知道蒙古军只善于在广漠的平地上野战，碰到山地、湖泊时骑兵没有优势可言，便向忽必烈要求多派汉军。赶到前线的刘整向阿术献计，说蒙古军只有水战不及宋军，如果能修造战船，训练水兵，胜算会更大。之后元军还在白河口和鹿门山修筑城堡，阻隔襄樊两城与汉水下游的联系，断绝宋军的外援。

被封锁的襄樊军民在困境中坚持。当1273年元军发动总攻时，城中已没有木柴了，人们只好把房屋拆毁，用拆下的木材来烧饭，衣服破了没有布来补，就把纸币粘起来当衣服穿。而元军一边，则征调能工巧匠为他们造出了当时世界上最大的"回回炮"，发射时声响震动天地，无坚不摧，落地能砸出几尺深的坑。在元军的水陆夹击之下，樊城很快失守。宋军寡不敌众，守将范天顺自杀，另一位守将牛富受伤后投火而死。失去了樊城的襄阳彻底成为一座孤城，陷入了绝境。主将吕文焕面临内无粮草、外无援兵的局面，力竭之下最终接受了劝降，献城降元。

襄樊保卫战最终以南宋的失败而结束，南宋军民在内无粮草、外无援军的情况下仍坚守到最后，在抗元战争史上留下悲壮的一笔。取得了关键性战役胜利的元军，则打开了长驱直入南宋腹地的通道。

3. 宋元最后一战

"人生自古谁无死"

南宋末年国力虽然羸弱，却出了很多抗元名臣，除了王坚、张珏，还有著名的爱国忠臣、才子文天祥。

文天祥生于江西庐陵，二十一岁考中状元。走上仕途后的文天祥以直言敢谏著称，连当时权势熏天的权臣贾似道也敢于讽刺。这种刚正不阿的品格使文天祥屡次遭到打压和排挤，但前任宰相江万里却非常欣赏他的气节，对他说："我已经老了，我见过的人很多，能够担当治理国家责任的就是你了。希望你努力。"

理宗因为没有儿子，就立他的侄子赵禥（qí）为太子。1264年，理宗去世，赵禥即位，是为宋度宗。1274年，元世祖忽必烈下诏出兵攻宋。当年十二月元军占领鄂州，开始浩浩荡荡东下。这时度宗刚去世几个月，年仅四岁的次子赵㬎（xiǎn）即位，被称为"恭帝"，太皇太后谢道清主持朝政。第二年正月，文天祥在赣州接到了朝廷号召天下兵马进京勤王的诏书，于是散尽家财，招募义兵两万多人，在八月下旬到达临安。

1276年正月，元军统帅伯颜的大军已进至临安城三十里外的皋亭山。太皇太后派人把降表送给元军，可宰相留梦炎、陈宜中等朝中官员几乎都逃走了。她只好任命文天祥做右丞相兼枢密使，要他出城与元军谈判，实际上是联系投降事宜。面对元军主帅，文天祥侃侃而谈，没有丝毫惧色，还毫不客气地大骂襄阳降将吕文焕为"乱贼"。伯颜钦佩文天祥，于是把他扣留下来，想要劝他投降。文天祥非但不从，还在被押送北上的途中设法逃走，回到南方继续苦战抗元。他组织军民，在福建、

"留取丹心照汗青"的忠臣文天祥

广东、江西等地与元军周旋，尽管没有取得多大战果，但始终没有屈服。

第二年，文天祥从广东反攻江西，收复了若干州县，这也是他兵势最盛的时候。但元军援兵一到，他的部队便被击溃了，妻子欧阳夫人和一子二女都落入元军手中。1278年，潮州的一伙盗贼勾结元军，将元将张弘范的军队引到了文天祥的栖身地五坡岭。文天祥被打得措手不及，兵败被俘。

张弘范把文天祥带往厓山（今作崖山，在广东新会南），欲请他劝降宋将张世杰。文天祥不从，反而提笔写下一首《过零丁洋》，留下了"人生自古谁无死，留取丹心照汗青"的千古名句。1279年，文天祥被押解到大都。在被关押期间，他精忠报国的美名传遍全城，得到汉蒙各族人士的尊敬。元世祖忽必烈曾亲自召见他试图劝降，终是徒劳。文天祥最终殉国而死，忠烈美名一直流传至今。

决战厓山

张世杰是南宋抗元名将，早年随吕文德征战四方，先后担任重要军职，带兵抵抗蒙古军入侵。1276年二月五日，元军在临安城举行受降仪式，五岁的恭帝宣布正式退位，宣告南宋的灭亡。闰三月，张世杰从浙江定海赶往温州，和同为抗元名臣的礼部侍郎陆秀夫等人会合，一起护送从临安逃出来的八岁的益王赵昰（shì）和五岁的广王赵昺（bǐng）南下福州，组建小朝廷。这两位皇子是宋度宗的儿子，也是仅存的宋朝皇位继承人。

陆秀夫忠心耿耿地带着两个小皇子，教他们读书，希望有一天能恢复宋朝的天下，让他们成为明事理的好皇帝。五月，陆秀夫等人在福州拥立益王赵昰称帝。然而没停留几个月便在元军的攻势下一路流亡，从福州逃往广东。1278年四月，赵昰病死，张世杰、陆秀夫又拥立赵昺为帝，延续宋朝的命脉。六月，一行人转移到厓山，这里面朝大海，背靠陆地，是个地势险要、易守难攻的咽喉之地。

1278年，忽必烈任命张弘范为蒙元汉军都元帅，统兵南下，在1279年正月抵达厓山。张弘范派张世杰的外甥前去招降张世杰，被严词拒绝了。张世杰说："我知道投降能保生存、得富贵，但我为皇帝而死的志向不能动摇。"劝降不成，张弘范便带兵攻打厓山。

元宋两军相持二十二天，经过多次交锋，最终在海上进行决战。

张世杰的舰队有上千艘船，大部分为大型海船，官民将士统共二十余万人。他把舰队排成方阵，用绳索把船连起来，四周加筑楼栅，形成一座坚固的海上船城。张世杰抱定必死的决心，命令全部人员离岸上船，全力以赴准备战斗。二月初六是厓山之战的决战之日，这天天气非常恶劣，天色昏暗，风雨交加。元军一早便趁着退潮，从背面顺流进攻。海上交锋，长短兵刃不能施用，主要依靠炮箭。一时间海上烟雾迷离，箭石纷飞。中午潮涨时，突然传来一阵阵奏乐的声音，这其实是元军的进攻信号，意在出其不意，迷惑宋军。之后张弘范的舰队趁着涨潮，猛攻宋军防御最牢固的西南角。元军战船四面设有布障，兵士用盾牌护体，伏在布障下面。在箭石掩护下，元军跳上宋军战舰，一连夺得几艘战船，突破了宋军西南角。宋军的阵势被打破，战船上樯旗纷纷倒下，全军逐渐崩溃。

张世杰见败局已定，派人通知陆秀夫和皇帝转移，准备突围。陆秀夫担心突围不能成功，也想不出突围之后还有什么地方可去。考虑再三后，他打定主意不能让小皇帝被俘辱国，于是背着九岁的小皇帝纵身一跃，跳海自杀。许多忠臣追随其后，十万军民跳海殉国，以死彰显了自己的民族气节。另一边，张世杰等不到回音，便领着少数战船冲出了元军的包围。后来他在海陵山（今广东阳江）不幸遇到飓风，将士们劝他弃船登岸，张世杰见复国无望，便抱着必死之志说："我为赵氏已经把能做的事都做尽了，先后立的两位君主都已身亡。现在到了这个地步，难道是天意吗？"之后在大风暴雨中坠海殉国。

　　坚持斗争三年的南宋小朝廷就这样随着厓山之战的战败灭亡了。这标志着南宋的彻底覆灭，宋朝三百余年的历史也画上了一个悲壮的句号。

读史点评

韩侂胄弄权是南宋后期权相政治的开端。此后南宋先后迎来了史弥远、贾似道的专权时代,国势日衰。强敌环伺的北宋联金灭辽,却在靖康之变中亡于金军之手。有这样惨痛的前车之鉴,南宋却再次选择了联蒙灭金之路,最终同样难逃亡于蒙古大军铁蹄之下的结局。

1234年,蒙古先是与南宋联合灭掉金国,随后挥兵南下攻宋。从这时候起直到1276年临安投降,宋元对峙将近四十二年。在此期间涌现出许多叱咤风云、慷慨激昂的英雄人物,他们前仆后继,英勇抗击当时横行欧亚的全世界最强大的蒙古军。正所谓保家卫国的贤臣流芳百世,专权误国的佞臣遗臭万年。

思考题

文天祥虽未能挽救国家于危亡,但他的爱国精神几百年来一直为人们所铭记。对此谈谈你的看法和感受。

第五章

两宋时期的经济文化

1. 词人辈出的时代

才华横溢的苏东坡

苏轼号东坡居士,世称"苏东坡"。他的父亲苏洵、弟弟苏辙都是宋代有名的文豪。苏轼的诗跟黄庭坚并称"苏黄",散文方面则和韩愈、柳宗元、欧阳修等人并称"唐宋八大家",写出了前后《赤壁赋》等许多名篇。

如果说唐朝是诗歌的黄金时代,那么宋朝就是词的盛世。词作为一种新体诗歌,萌芽于南朝,形成于唐,盛行于宋。宋代词人名家辈出,流派则主要分为婉约派和豪放派。前者情感婉转,语言清丽;后者气势豪放,积极向上。苏轼便是豪放派的代表人物。在苏轼笔下,词既可以豪放雄伟,也可以清雅脱俗,洗净了五代以来的脂粉气,他的《念奴娇·赤壁怀古》《水调歌头·明月几时有》等都是脍炙人口的名篇。

书法上，苏轼与黄庭坚、米芾（fú）、蔡襄并称"宋四家"。他的画作虽然传世不多，但留下的《枯木奇石图》却是稀世珍宝。此外，苏轼还通晓中医养生之道，人们把他的论述和大科学家沈括的医书合刻为《苏沈良方》。

书画和文学之外，苏轼还热衷于美食。在黄州，他把富贵人家不肯吃的半肥猪肉切成方块，烧得红润透亮，做出一道肥而不腻的美味，被称为"东坡肉"，还为此写了一篇《猪肉颂》。在惠州，苏轼没钱买羊肉，就找屠夫买一些羊脊骨，煮熟后在酒中泡下，抹上盐，烤至微焦，吃起来就像在吃螃蟹腿。他还很喜欢惠州的荔枝，写诗赞道："日啖（dàn）荔枝三百颗，不辞长作岭南人。"

苏轼的一生，仕途不顺，曾因"乌台诗案"被捕入狱四个多月，更是多次被贬官，最远时被贬到了今天的海南岛。但他才华横溢，热爱生活，乐观豁达，是一位深受人们喜爱的人物。

壮志报国的辛弃疾

辛弃疾与苏轼齐名，是豪放词的代表人物，二人合称"苏辛"。"醉里挑灯看剑，梦回吹角连营""把吴钩看了，栏杆拍遍"等，无不体现了他慷慨报国的豪迈之情。其实辛弃疾不仅写豪放的词，他还有《青玉案·元夕》中"众里寻他千百度，蓦然回首，那人却在灯火阑珊处"那般真挚、唯美的情语，也有《清平乐·村居》中"茅檐低小，溪上青青草。醉里吴音相媚好，白发谁家翁媪"这样轻灵自然的讲述。

辛弃疾一生的志愿是抗金，恢复中原故土。1161年，他参加了济南人耿京领导的抗金武装斗争。耿京派辛弃疾等人南下，向朝廷报告起义抗金的情况。辛弃疾在建康接受高宗的召见后赶紧返回，归途中得知耿京已被叛将张安国所杀。辛弃疾决心捉回叛徒，于是带了五十骑，闪电般冲进张安国的军营。张安国毫无戒备，还没弄清楚是怎么回事，就被抓起来捆走了。辛弃疾把他挟在马上，带着人马疾驰而去。等金兵回过神追击的时候，这支突击队早已走远了。辛弃疾从此名声大振，南宋朝廷任命他做江阴签判，这一年他才二十三岁。

然而辛弃疾此后却未能实现自己的人生抱负，南归后的四十多年间，做官和闲居的时间大致各占一半。作于晚年的《鹧鸪天·有客慨然谈功名因追念少年时事戏作》一开头就说"壮岁旌旗拥万夫，锦襜（chān）突骑渡江初"，这是何等慷慨！到了结尾却变成"却将万字平戎策，换得东家种树书"，这又是何等感慨！这些都是辛弃疾平生心事的写照，而他一生念念不忘的抗金复国壮志至死也没能实现。

千古才女李清照

　　李清照是婉约词的代表人物。她出身于一个文化修养很高的家庭，生活闲适安逸，少年时就以擅写诗词闻名，十八岁便嫁了人。其夫赵明诚酷爱金石、书画，二人一道读书、作诗填词、品读文物字画，可谓情投意合，非常美满。后来发生了靖康之变，他们跟着逃难的队伍流落到江南。当时金军经常南下侵扰，加上赵明诚没过多久就病故了，晚年的李清照颠沛流离、生活困窘。

　　李清照的词语言清丽、简洁，富于音乐性。比如她早年《一剪梅》中的"才下眉头，却上心头"，又如她婚后所作的《醉花阴》中的"莫道不销魂，帘卷西风，人比黄花瘦"。她擅长用简洁的文字勾勒出事物的情态，有点像绘画中的白描。像"人静皎月初斜，浸梨花"和"人比黄花瘦"都是写花和人，前者透着相思，后者透着凄清。

由于人生际遇的改变，李清照的文风明显分为两个阶段。靖康之变前，她的词活泼、闲适。"兴尽晚回舟，误入藕花深处。争渡，争渡，惊起一滩鸥鹭。"这首《如梦令》写的就是少年时乘舟游玩的情形，既活泼又纯真。而南渡之后，她的词更多地表达了生活中的凄苦，比如《声声慢》中的"梧桐更兼细雨，到黄昏、点点滴滴。这次第，怎一个愁字了得！"一个"愁"字，成了她词作的主题。

　　李清照的诗词虽然以婉约风格为主，但她并不是不会写豪放的诗词。比如这首有感于项羽当年的悲壮而作的《夏日绝句》："生当作人杰，死亦为鬼雄。至今思项羽，不肯过江东。"诗中，她感怀西楚霸王的英雄气概，以此讽刺南宋当权者的苟且偷生，字里行间满是浩然之气。

2. 科学巨人沈括

全才科学家

　　北宋时期的科学家沈括不仅是一位百科全书式的学者，还是一名政治家，神宗时期曾积极参与王安石变法，但他一生成就最高的还是在科学方面。沈括晚年住在润州（今江苏镇江）梦溪园，著名的《梦溪笔谈》就是在这里写成的。他的科学成就除一部分医药知识见于《苏沈良方》外，都见于这部著作。

沈括在科学上的成就可以分为两类：一类是他本人的成就；一类是他记录的当时的发明创造——假使没有他的记录，这些发明创造很可能就失传了。沈括曾出任河北西路察访使，他沿着太行山东麓一路北上，看到山崖之上有螺蛳和蚌壳的化石，于是推断太行山一带在远古时期曾是海滨，广大的华北平原是由黄河、滹（hū）沱河、桑干河等河流冲积而成。他还注意到雁荡山有许多峭拔险峻的山峰，推断这些山峰是地面巍然挺立的巨石在流水的侵蚀作用下形成的。

沈括的见解代表了当时最高的科学水平。阿拉伯科学家阿维森纳（980—1037）也曾以剥蚀作用解释山岳的成因，与沈括所见略同。欧洲直到文艺复兴时期，达·芬奇才认识到化石是生物的遗迹，比沈括晚了四百多年。英国地质学家赫顿直到1788年才认识到泥沙经水的搬运冲积成陆地，更是比沈括晚了约七百年。

沈括在数学上的贡献也很突出。宋代以前虽然已经有了计算各类物体体积的方法,但像陶器店里堆积的缸、盆等物体中间有空隙,算起来比较困难,沈括的隙积术则提出了解决这类问题的公式。他还发明了会圆术,也就是已知圆的直径和弓形的高(矢),求弓形底(弦)和弓形弧的方法。

沈括曾在司天监任职,在天文学方面也有很高的成就。他根据月亮的盈亏,推测太阳和月亮的形状像个圆球。月亮本身不发光,因为日光照射才有亮光。月初时,太阳照在月亮侧面,人们看到的月亮就像个弯钩。之后太阳渐渐远离,变为斜照,月亮的全貌逐渐呈现完整,从月缺变为月圆。这在当时都是很精到的科学见解。难得的是,沈括还改进了测量天体方位的浑仪,提高了观测精度。

《梦溪笔谈》

沈括出色的科学素养,使得他比其他人更重视也更有能力记录当时的各种发明创造。在他的记录中,以毕昇发明的活字印刷术最为重要。我们对于雕版印刷究竟起源于何时,一直没有确证,有着多种不同的推断。而活字印刷术出现于北宋仁宗庆历年间（1041—1048），发明人是毕昇，毕昇怎么用胶泥刻字，怎么排字和印刷，在沈括《梦溪笔谈》中却都有着清晰具体的记载。沈括的这条记载省去了后人摸索猜想的许多工夫。

沈括在延州看到当地人用野鸡毛捞取一种乌黑黏稠的油，滴入瓦器，点着后像燃烧的麻，只是烟特别浓，沾着浓烟的地方都熏得黑乎乎的，便将其称为"石油"。他认为传统的用松烟制墨，松木资源有限，总有用完的一天，而石油来自地下，无穷无尽，将来用石油烟制墨必定大行于世。沈括之所以提出这个看法，是因为他注意到当时齐鲁一带的松林已经绝迹，而太行山一带和河南生长松林的山脉一大半已经秃了，而这正是关于中原地区森林消失的重要记载。

从全世界来说，11世纪的西欧仍处于科学技术落后的"黑暗时代"，当时文明高度发展的地区只有阿拉伯世界和中国。无论是从科学知识的广度还是深度来说，沈括都称得上中世纪科学史上的巨人。专门研究中国古代科技史的英国学者李约瑟曾称赞道，沈括的《梦溪笔谈》是"中国科学史上的坐标"。

3. 书画中的大宋名城

进入汴京

徽宗初年，都城汴京的繁华到达了极致。宋代画家张择端的《清明上河图》和文学家孟元老的《东京梦华录》，各自替它留下了一份宝贵的记录。

《清明上河图》宽二十四点八厘米，长五百二十八点七厘米。作者着力刻画了汴京的社会生活，画中所绘各色人物包括官吏、士人、说书人、医生、卖艺人、船夫、车夫等等，各具神态，是一幅写实的风俗画。《东京梦华录》则是一部笔记体著作，记述了北宋徽宗年间都城汴京的城市生活和风俗人情，上自王公贵族，下至庶民百姓，为各色人等的日常生活情景都留下了真实的记录，成为后人了解北宋都市社会生活的一部重要文献。

当时的汴京是一座方圆近五十里的大城。城外有宽十多丈的城壕，叫护龙河。四面开有十二座城门，另外还有六座水城门。城里有四条河穿城而过，分别是蔡河、汴河、五丈河、金水河。汴河西北通黄河，向东流，从西水门进城，由东水门出城，下游到泗州北入淮河。东南每年几百万石粮食和各种物资，都从这条河运到汴京。宋朝人说汴河是立国之本，这是一点不错的。

从东水门外到西水门外，汴河上有十三座桥。其中有正对大内御街的州桥，正式名称叫"天汉桥"，桥的南北都是热闹去处，《水浒传》中杨志插标卖刀就是在这里。东水门外七里的汴河上有座虹桥，《东京梦华录》中说这座桥没有桥柱，由巨木凌空叠架而成，颜色朱红，横跨河上，宛如一道飞虹。《清明上河图》恰好也画了这座桥，的确是如同一道彩虹，桥上车马行人如织，挑担的、摆摊的、倚着桥栏看热闹的，甚至桥下急流的水纹，正在穿过桥洞的船上船夫紧张操作的一幕幕情景，画上都看得很清楚，令人仿佛置身现场。

做生意的天堂

汴京的繁华富庶非常惊人。孟元老说，因人烟繁多，骤然增加十多万人不觉得多，减了十多万人也不觉得少。这么大一座城市，每天消耗的物资数量之多，当然也很惊人。每天从西面的新郑门、西水门、万胜门有几千担鲜鱼进城，从南薰门进京的活猪有上万头。

《东京梦华录》说汴京的餐饮业极为发达。除了出售用猪肉、牛肉、羊肉、鸡肉、鸭肉、鹅肉、鱼虾、蟹鳝等做成的各色美食外，用獾、狐、兔、鹿、獐、野鸭、鸠鸽、鹌鹑等肉类烹制的美食亦无不供人大嚼。居民买肉非常方便，各个坊巷桥市都有肉案，通常有三五个人操刀，肉怎么切都听从客便。城中点心店如面饼店、油饼店、胡饼店以及固定的摊、流动的担，不计其数。有两家有名的饼店，规模很大，有五十多只炉子，生意好极了。而城内繁华热闹之地，五更时分便有店家点灯开张了，深夜还有夜市出售干湿果子、糕团、煮熟的肉类和螃蟹等食品。

汴京城内大小酒家林立。《清明上河图》中的孙阳正店和十千脚店就是两家规模较大的酒家。当时酒的生产和销售需要从官方获得授权。正店是取得酿酒权的店家，孙阳正店的生意十分红火，后院堆放的层层空酒坛说明这家店的酿酒量和用酒量很大。脚店是只有酒水销售许可的店家，需要从正店批发酒水再售卖。正店和脚店除了卖酒，还提供餐饮服务。画上，十千脚店店前，一个伙计正端着做好的饭菜，准备给客人送上门去。可知当时的商家就已经为客人提供外卖服务了。《东京梦华录》说汴京正店有七十二户，其余为脚店，与《清明上河图》所绘正相吻合。

汴京城里有各种方便生活的行业。若想雇觅人力、酒食、作匠，只要找到各种行业的行老，就可以满足需要。每天早晨，桥市街巷口都有等人请唤的竹匠、木匠、和尚、道士聚成一堆，无论是修房子还是砌墙壁都十分方便。做生意的人很会动脑筋，他们替养马的人家每天供应切好的草料，替养猫狗的人家送食料，其他像修理各种用具、打鞋掌的，也都应有尽有。

城中有不少行业都集中在一处，比如潘楼街南面叫作"界身"的一条街就是交易金银财帛的所在。那里屋宇雄壮、门面广阔，一笔交易动辄成千上万。马行街以北有许多医铺，有专卖口齿咽喉药的，有专医儿童的，也有专门的产科。汴河州桥附近，沿内城都是客店，外来的官员客商投宿十分方便。

汴河州桥以东有著名的大相国寺，大殿和走廊都绘有精美壁画，寺内还有金铜铸的五百罗汉。大相国寺既是一座寺院，同时简直又像现代的一家大商场，每月开放五次，人们在开放日可以进寺自由选购。其中各种货物依种类分列，就像现代的百货商场的各类专柜，举凡飞鸟、猫狗、珍禽奇兽、屏帏、簟席、鞍辔、弓箭、笔墨、绣货、珠翠头面、书籍古玩等应有尽有。

丰富的娱乐生活

汴京城中的文娱生活也很丰富。差不多从徽宗时期起，城里的勾栏瓦舍就很发达了。所谓勾栏瓦舍，实际上就是娱乐消费的场所。《东京梦华录》说城里有大小勾栏五十多座，内中最大的瓦子可以容纳几千人。在这些热闹去处，除了表演以外，还有卖药的、起卦的、叫卖旧衣服的、卖饮食的小贩等等，来游耍的人从早到晚都不会觉得寂寞。

勾栏瓦舍中游艺的内容可说是丰富多彩。有讲史、讲小说的说书人，有"诸宫调"（一种说唱艺术）名家，还有以滑稽见长的"说诨话"的，近乎现在的相声。瓦子里的节目包括影戏、傀儡戏等，有些节目则可归入杂技一类，如"球杖踢弄""小儿相扑""掉刀"等。艺人们的名字也透露着各自的手段，如"浑身眼"，可以想见这人在绳索上做出种种惊险表演的高明技巧。

城里人非常喜欢欣赏这些节目，不论风雨寒暑，瓦

北宋都城汴京的繁华景象

子里生意一直很好。逢时逢节,汴京城都会出现万人空巷的热闹场面。冬至节后,开封府就在大内前面搭起山棚,供人表演节目。瓦子里的各种节目都在这里大会串,歌舞百戏,十余里间乐声不绝于耳。元宵节时会到达狂欢的高潮,灯山上结了彩,金碧辉煌。在灯山两边,彩结的文殊、普贤两位菩萨分别骑着青狮、白象,菩萨的手指流出五道水,水源从灯山高处逐时放下,宛如瀑布。这种热闹场面,要到正月十九日收灯才告结束。

1130年金军占领汴京后,往日的繁华从此化为黄粱一梦。四十年后,范成大奉宋孝宗之命担任祈请国信使出使金朝,在前往燕山的路上途经旧京,看到泗州以北的汴河都淤塞了,河道中长满草木,感慨万千。他在州桥南北御街看到当地父老一直盼望着宋朝军队回来收复故地,更是挥笔在诗中写道:"忍泪失声询使者,几时真有六军来?"

4. 经济重心南移

"地上天堂"

北宋著名词人柳永有一首著名的《望海潮》，词中称赞杭州是"东南形胜，三吴都会"，有"参差十万人家"。1129年杭州升为临安府。第二年完颜宗弼率金军攻陷临安，退兵时一把火烧了三天三夜，把整座城烧成了一片废墟。1138年，南宋迁都于此，人们在废墟上重新建起了一座"地上天堂"。

杭州既然做了"行在"（临时首都），人烟自然稠密。宋孝宗时有二十六万余户五十五万余口；宋度宗时，连属县共三十九万余户一百二十四万余口。随着中原人口大量南迁，大批京师人士到了杭州，杭州的语言也起了变化，至今杭州话还带有中原味道。

许多在汴京靠着京师繁华做买卖的人，也都到"行在"重操旧业。太上皇高宗对东京有哪些好吃的东西、搬到临安来的有什么人都很熟悉。有一次他与孝宗在宫中赏梅，派人去宫外街市上买些食品，点出了李婆婆杂菜羹、贺四酪面、戈家甜食等好几种，他告诉宰相史浩：

"这些商贩都是从京师来的人。"

临安城非常热闹。每天刚交四更,各处山上的寺院便打起钟来,那些行者头陀或打铁板,或敲木鱼,沿街报晓。他们还兼报天气,让每天出门的人知晓。大街上的饮食铺子听到钟声便开门卖早市点心。一年四季之中日夜都有营业的铺面。直到夜里三四更天,街上游人才逐渐稀少,不一会儿钟声响起,卖早市的又开张了。

据南宋末年人吴自牧的《梦粱录》、周密的《武林旧事》等书记载,临安的市面、游艺、饮食等都比北宋的汴京更胜一筹。《梦粱录》开列酒店供应的菜肴不下两百几十种,这还不算托盘担架所卖的各种熟菜、点心、四时果子、干果、糖食等。杭州人吃的米,除官衙、军队等所需以外,普通百姓每天消费不下一二千石,米行、米店、茶馆、肉店、鱼行等也都生意兴旺。

杭州旧时本无"瓦舍",南渡以后才开张起来。据《梦粱录》说共有十七处,从禁军士卒到贵家子弟都在此取乐。相扑也叫角抵,在杭州是极受欢迎的节目。民间瓦市里相扑,不但有男大力士,还有女大力士,表演时以女大力士对打来开场,然后再由男大力士出场摔跤。其余小说、讲史等北宋东京已有的娱乐项目,也色色俱全。街坊桥巷也常有表演技艺的人，节目如踢瓶、弄碗、踢缸等，都是极高明的杂技。

西湖是临安的第一名胜，南宋画家提出的"西湖十景"一直流传至今。游湖必须坐船，南宋西湖游船的种类繁多，有可坐二三十人至一百人的大船，雕栏画拱，造得十分精巧。皇帝的御船做工更是考究，用香楠木制造，不过使用的次数很少。湖里营业的小船极多，有的卖羹汤、鲜果，有的卖鸡子、糖食，也有唱曲子的人，无不卖力招揽生意，甚至不喊自来，非要人家花掉几文钱不可。

元灭南宋后，临安城幸运地完整保存下来，只有南宋时建的九曲城被拆毁了，所以后来从西方来的马可·波罗仍得以看到异常繁荣的杭州。

大商港广州和泉州

北宋的海船已经开始使用罗盘，阴天下雨时也能辨明方向，航行变得更加安全。北宋末年，指南针开始应用于航海。宋代的造船技术比之唐朝更加进步，载重量也大大增加。南宋时，海商的头等大船可载五六百人，中等船可载二三百人，名叫"钻风"的小船也可载一百多人。1987年，人们在广东阳江的南海海底发现了一艘南宋时的海船，命名为"南海一号"。这艘船从头至尾一共有十五个隔舱，船体残长约二十二点一米，最大船宽约九点三五米，载重量有三四百吨。而比它晚几百年的哥伦布航海所乘的船只，载重量也只有一百吨而已。

造船和航海技术的进步，促进了宋代海外贸易的繁荣。当时，海上交通发达，乘着海船可通往日本、高丽、东南亚、印度、阿拉伯等国家和地区，远达波斯湾及东非海岸。而有贸易关系的国家和地区，也从唐代的三十多个增加到五六十个。朝廷先后在广州、杭州、明州、泉州和密州板桥镇（今山东胶州营海镇）等地设立市舶司或市舶务，专门管理海上贸易事务。广州、泉州作为优良的海港，其优越的地理位置使中外商船云集于此，成为闻名世界的大商港和"海上丝绸之路"的起点。南宋时，泉州的贸易额更是超过广州，成为当时的第一大港。

对外贸易的兴盛也为朝廷带来了可观的财政收入。宋仁宗时，市舶收入每年约在五十万贯左右。到宋高宗末年的1162年，仅广州、泉州、两浙三处市舶司的关税收入就达两百万贯，约占全国财政收入的百分之六。而

见证了"海上丝绸之路"繁盛贸易的"南海一号"

到了南宋中期，关税收入曾一度占据全国财政收入的百分之十五。

随着外来客商的增多，宋朝政府在广州、泉州、杭州等地专门设置了"蕃坊"供其居住。坊内还设有供外商子弟学习的地方官学，当时称为"蕃学"。蕃学内既教授蕃语，也提供汉文化教育，有点类似于现在的国际学校，可见当时外来贸易之繁华。

读史点评

  人们常常盛赞唐代的长安城,实际上,北宋汴京的繁荣远在长安之上。建于582年的长安城是一座封闭型的城市,作为居住区的坊和作为商业区的市是严格分开的。坊内严禁经商,住户不得在大街上开门做生意。商业区仅限于东、西两市,市的开和闭由官府人员严格管理。午时击鼓开市交易,日落鸣钲闭门打烊。整个长安城坊、市的布局方方正正,好处是整齐划一,缺点则是太呆板。

  到了宋代,坊市的封闭性布局已经不能适应城市发展的需要,坊、市之间的界限被打破。汴京城的格局发生了很大的变化,大街上店铺林立,出现了夜市和早市,商业的兴盛造就了一座繁华富庶的都城。经济的发达也带动了文化生活的丰富,出现了综合性的娱乐消费中心"瓦舍",瓦舍内还设有专门用于演出的场所"勾栏",百姓享受到日益多彩的娱乐生活。宋代城市的布局已接近现代都市。

思考题

人们常说:"上有天堂,下有苏杭。"这个说法最早可以追溯到宋代,特别是南宋。南宋时期的杭州为什么会出现社会经济的大发展?结合史实谈谈你的看法。

大事年表

960年	陈桥兵变，赵匡胤取代后周称帝，国号"宋"，定都汴京。
961年	宋太祖"杯酒释兵权"。
963年	北宋开始统一战争。
969年	宋太祖第二次"杯酒释兵权"。
976年	宋太祖去世，其弟赵光义继位，即宋太宗。
978年	南平（荆南）、吴越归顺，北宋统一南方。
979年	北宋灭北汉，局部统一北方。高梁河之战宋军败于辽兵，未能收复幽云十六州。
983年	辽恢复"契丹"国号。西夏对宋开战。
986年	雍熙北伐失败。
1004年	契丹南侵，宋与契丹签订"澶渊之盟"。
1022年	宋真宗去世，宋仁宗即位，刘太后辅政。
1038年	西夏李元昊称帝，国号"大夏"，次年与宋开战。
1043年	宋仁宗任命范仲淹为参知政事，推行"庆历新政"。
1044年	"庆历新政"夭折。宋与西夏再次议和。契丹败于西夏，

宋、西夏、辽形成对峙局面。

1069年	宋神宗任命王安石为参知政事，推行变法。
1076年	王安石第二次罢相，宋神宗亲自主持推行变法。
1085年	宋哲宗即位，太皇太后高氏起用司马光，废新法。
1120年	宋金订立海上之盟，约定联合灭辽。方腊、宋江起义，次年相继失败。
1122年	宋金联兵灭辽。
1125年	金兵南下，对宋开战。
1127年	金兵攻陷汴京，宋徽宗、宋钦宗被俘，北宋灭亡，史称"靖康之难"。宋高宗重建大宋政权，史称"南宋"。
1138年	南宋对金称臣。
1140年	岳飞进兵中原，宋高宗发出十二道金牌强令岳飞撤兵。
1141年	岳飞被诬入狱。宋金订立"绍兴和议"。
1161年	完颜亮率金兵南侵。虞允文采石大捷。
1164年	南宋与金订立"隆兴和议"。
1194年	宋宁宗即位，韩侂胄开始专权。
1206年	开禧北伐失败。次年韩侂胄被杀，史弥远开始专权。
1208年	南宋与金订立"嘉定和议"。
1234年	宋蒙联军灭金。南宋趁机收复失地，宋蒙联盟破裂。
1235年	宋蒙战争全面爆发。

1259年　　南宋名将王坚在钓鱼城击败元军。

1273年　　樊城、襄阳相继失守。

1274年　　宋度宗去世，幼子即位。元军大举攻打南宋。

1276年　　临安沦陷，南宋灭亡。

1279年　　厓山之战张世杰等人抗元斗争失败，陆秀夫背负少帝投海。